マドンナメイト文庫

秘儀調教 生け贄の見習い巫女

佐伯香也子

目次

contents

秘儀調教　生け贄の見習い巫女

第一章　御土来の巫女

昨日とさして変わりがない一日が終わろうとしていた。武井阿多香《たけいあたか》は出先から会社への帰り道を歩きながら、小さくため息をついた。

百六十センチにすこしたりない身長だが手足は長く、性格からくるのびやかな印象がある。鼻も口も小ぶりで、メイクの薄い顔は二十五歳にしては少女めいてあどけない。特徴的なのは目だった。知的に澄んだ瞳は長いまつげに縁どられ、全体として清楚という形容がぴったりだ。

大学を卒業して三年。ただ忙しいだけの出版社のバイトにさしてやりがいも見出《みいだ》せず、かといってほかに就職するあてもない。新卒でもぜんぶ落ちたのに、いまさら採ってくれるところなどあるわけがないというあきらめも半分ある。

ふだんうるさいことを言わない両親も、ぜんぶ落ちたと告げたときは、しばらく絶句していた。高校生の弟は「姉ちゃんなら、そんなもんかも」と、さめた感想をポッリともらした。

能力が足りないというより、情熱が足りないのだと、自分でもわかっていた。どうしてもこれがやりたい、と思うものがないのだ。

大学で学んだ考古学はそれなりに面白かったが、一生の仕事になるほど打ち込めたわけでもない。スリルや興奮とは無縁のゆるい人生を、このままふわふわ送っていくのかと思うと、ときどきすべてがつまらなく感じられた。

そんな自分を持て余し気味の六月も半ば。入梅したばかりの銀座の裏通りで、ある画廊のウィンドウにふと目をやった瞬間、頭の中でなにかが大きくはじけた。

展示されていたのは素朴な色合いの着物とタペストリーで、一見癒し系のように見えるのだが、それだけではない豊かな奥行きと力強いなにかがみなぎっているのだ。

表に出された看板には「御土来《みとらい》朱緒《しゅお》　草木染め展」とある。珍しい苗字だが、阿多香の中には懐かしさと喜びがあふれてきた。三歳のときに亡くなった曽祖母の旧姓が、偶然にも「御土来」だったのだ。

縁を感じて吸い込まれるように中へ入っていくと、五十平米ほどの比較的広い空間の白い壁には、三十点ばかりの作品がかけられていた。

「ルージュ」「ゆらぎ」など抽象的な概念をランダムな形に織り出したスタイリッシュな作品のほか、日本の四季を表現した「貝寄風《かいよせ》」「喜雨《きう》」「凍滝《いてたき》」といった優美な着物、神話や宇宙を示す「天地開闢《てんちかいびゃく》」「曼荼羅《まんだら》」などの壮大なタペストリーが見事だった。

一本一本微妙に染め分けられた糸が一律ではないグラデーションを作り出し、ときにハッとするような濃い差し色が現れる。それはめりはりの効いた物語のようでもあり、壮麗な音楽のようでもあった。

阿多香は圧倒されてしばらく立ちつくし、それからゆっくりと向きを変えながらくりかえし鑑賞した。

やがて、名残おしい気持ちで視線をはずすと、手にしたパンフレットに目を落とした。作家紹介の欄に「一九八五年生まれ、玖奇石《くきいし》出身」とある。「玖奇石」は、まさしく曽祖母の生まれ故郷だった。

名字だけではない出身地までもがつながっていることに驚き、思わず顔を上げれば、奥まった一角に作者らしき女性が見えた。自作であろう、淡い緑と白のかすり模様の着物姿で、民芸調のベンチチェアに座って男性と話している。

阿多香は迷わず駆け寄ると、声をかけた。

「御土来さんでいらっしゃいますか？」

振り向いたのは、月光の静けさをたたえた白い顔だった。黒く透き通る瞳が見上げてきて、「はい、そうです」となめらかな声が返る。立ち上がった姿は、ほっそりとして気品に満ちていた。

「あ、あのっ」

勢い込んでみたものの、すぐには次の言葉が続かない。言いたいことがありすぎるのだ。

「素晴らしい作品ですね。こんなに感動する草木染めを、初めて拝見しました」

月並みな言い方しかできない恥ずかしさに、汗が浮かんでくる。それでも朱緒は、微笑んでくれた。

「ありがとうございます。染め織りにご興味がおありなのですか？」

「い、いえ、いままでそれほど関心はありませんでした。でも、さっきウィンドウの作品を拝見して、雷に打たれたような気がしました」

またしても陳腐な修辞句しか出てこない自分に、内心ため息をつく。

「すみません、草木染めって、こんなにすごいものだったのかと思ったら、興奮してしまって……植物の息吹というか魂というか、なにか目に見えない力をはらんだ作品の世界を、とてもリアルに感じます」

ようやくまともな感想を口にすると、細面の美しい顔が、またふわりとした笑みを浮かべてくれた。

「そんなふうに感じていただけて、とてもうれしいですわ。どれか特にお気に召したものはありましたか？」

ゆったりとした口調で上品に問われ、阿多香は汗ばんだまま答えた。

「どれかひとつになんて決められません。この空間全体が好きです」

それはまるで叫びのようだった。そして口にしたとたん、自分がなにを求めているのかを唐突に、しかしはっきりと悟ったのだった。

「あの、突然、こんなことを申し上げてすみません！　私を弟子にしていただけませんか？」

「えっ？」

くっきりとした二重の涼しげな目が、すこし見開かれる。

かたわらにいた男性も立ち上がった。背が高く、肩幅の広い、格闘家のような体型の男だ。朱緒よりやや年上だろう。落ち着いた一重の目に警戒したような光が宿る。

「失礼ですが、あなたお名前はなんとおっしゃるの？」

「武井です。武井阿多香と申します」

バッグから急いで名刺を取り出した。

「出版社で雑用をしています。正社員ではないので、部署は記載してありません」

ただのバイトであることをどう受け取られるかわからなかったが、いつでも簡単に自由になれるということを伝えたかった。

「そう」とつぶやくように言って、朱緒は手渡された名刺をしばらくながめていた。

「趣味でなさりたいなら、週末に通っていただく程度ですみますが、本格的に学びたいということですと住み込みになりますよ。それでもよろしいかしら?」

「かまいません!」

これといってしたいこともなく、なんとなくいままで生きてきたこと、曽祖母と同じ名字にも惹かれて入って衝撃を受けたことなどを、阿多香は熱心に訴えた。言っているうちに、自分の前に進むべき道がまっすぐに伸びていくのを感じ、胸が熱くなった。

こぼれ落ちる涙をぬぐうこともせずに「お願いします」と頭を下げる。

裁定を待つあいだの重苦しい時が流れ、ややあって、「いいでしょう」という静かな声が舞いおりてきた。

「あ、ありがとうございます！」

一度では足りず、何度もお礼の言葉を言い重ねる。

そんな阿多香に朱緒は、静謐だがあたたかなまなざしをそそいでいた。

住み込むための細かい手順を打ち合わせ、すぐさま会社へ戻った阿多香は、編集長のデスクに直行した。バイトを辞めたい旨を告げると、急には困るが月末までいてくれればということで話がまとまり、それまでの二週間を懸命に働いた。

そして、ついに玖奇石へ行く日がやってきた。

必要最低限のものは、前日に宅配便で送ってある。家具も寝具も備え付けだというので、都心から一時間半の最寄駅に小さなボストンバッグ一つで降り立った。朱緒の工房・笙流苑《しょうりゅうえん》は、そこからさらにバスで二十分かかった。

山と山のあいだに広がる、さして広くはない盆地をつらぬく道は、梅雨の晴れ間に白く輝いていた。まばらな家と畑のあいだを渡ってくる風には、山の湿気と木々の芳香が混じっている。

停留所には、ギャラリーで朱緒といっしょにいた男、剛木稜《ごうきりょう》が迎えにきてくれていた。彼は助手で、家内外の雑用も受け持っているという。そのほか御土来家には、もっぱら家事を担当する岩田初子《いわたはつこ》がいると聞いていた。

五分ほど歩いてたどり着いたのは、「工房」のイメージからはほど遠い立派な冠木《かぶき》門《もん》のある屋敷だった。

石積みと漆喰の塀に囲まれた広い敷地内には、T字型に建てられた広い日本家屋と、渡り廊下でつながった別棟がある。

大きくひらけた母屋の玄関前から脇の庭園に入り、よく手入れされた松やツツジの間を抜けていくと、屋根の傾斜が急な田舎家が現れた。それが工房だった。車五台ほどがとめられる前庭は舗装されていない農道に面し、道との間には用水路がある。

太いこげ茶の角材と黄土色の土壁でできた建物の格子戸はすっかり開かれており、中の土間で橙《だいだい》色《いろ》の作務衣を着た朱緒が待っていた。

「ようこそ。遠くて大変だったでしょう」

表情の薄い整った顔が、斜めにさし込んだ陽に白く照らされる。染色に使う寸胴鍋や濾し器、媒染液や藍甕《あいがめ》が並ぶ室内は、独特の渋みのある香りが漂っていた。

「いえ、遠いというより、ワクワクしました。立派なお屋敷ですねえ。びっくりしました」

「古くて広いだけよ。昔は二十人近く暮らしていたけど、私の母の代からはほんの数人だけ。広すぎてかえって不便なの」

なにげない言葉だというのに、抑揚が少ないからか、神聖な楽器の澄んだ音色のように響く。

阿多香はすこしうつむき、改めて挨拶をした。

「初対面でいきなり弟子入りをお願いしたにもかかわらず、お許しくださいまして本当にありがとうございました。一生懸命学ばせていただきますので、どうぞよろしくお願いいたします」

「期待しているわ」

短い言葉だったが、思わず襟を正したくなるような厳粛さがあった。

昼食の用意があるというので、三人そろって脇の入り口から母屋に入ると、よく磨き込まれた飴色の廊下の先に、台所とダイニングが見えた。外観も内装も重厚な歴史を感じさせるたたずまいなのに、そこだけは近代的な設備が整えられていた。

八人がけのテーブルに並べられた料理は、まさに山の恵み満載だった。キジ肉の柳川風やニジマスの塩焼き、山菜の天ぷらや名前も知らない野草の酢味噌和えなどが大皿に盛られ、湧き水で作ったという寒天の黒蜜がけまである。

「お口に合うかしらねえ」と笑った初子は、五十がらみの小太りで陽気な女性だった。朱緒が子供の頃からこの家で働いていて、彼女を「お嬢さま」と呼んだ。

山菜のさわやかなほろ苦さと、意外とコクのあるキジ肉や川魚の風味は格別で、阿多香は緊張していたにもかかわらず、ほとんど平らげてしまった。

「まあ、お若い方は頼もしくてうれしいわ」

「すみません、初めてなのに遠慮なくいただいてしまって。学生時代はフィールドワークが多くて体力勝負だったものですから、やむなく痩せの大食いになってしまいまして……」

その場にいた全員が笑った。ほとんど口をきかない剛木まで口元をゆるませている。

「いえいえ、これからも遠慮なく召し上がってくださいな。こう申してはなんですが、お嬢さまは昔から小食でしてね、あんまり作りがいがないんですよ」

聞こえないふりをして茶を飲む朱緒に、初子はおおらかに笑いかけた。

昼食後は、朱緒が自ら屋敷内を案内してくれた。

ダイニングから玄関までのあいだには、ペルシャ絨毯の敷かれた唯一の洋間があり、大正時代に輸入されたというマホガニーのソファセットのほか、中国明代の青磁の壺や鮮やかな牡丹の日本画が飾られている。

その先には二十畳の大広間や大小の客間が続き、T字の足の部分にあたる棟には、朱緒と剛木それぞれの居室や居間があった。

およそ三十部屋ほどもある和室の襖や床の間には時の流れが深く染みこみ、古裂《こぎれ》の几帳からは薫きしめられた沈香《じんこう》の香りがかすかに漂ってきていた。

先に立って歩く朱緒の後ろ姿は背筋が伸び、艶やかな黒髪と細いうなじに高貴な色が香る。この風雅な屋敷にふさわしい女主人の威厳が自然と備わっていて、まさに侵しがたい気品にあふれていた。

阿多香の部屋は南西向きの八畳間で、押入れと床の間のほか六畳間がつづいていた。備え付けの和ダンスや書棚、衣桁まであって、当面なにも不自由はなさそうだ。送った荷物は六畳間のほうへ運び込まれていた。

「お手洗いは三カ所あるから、どこでも自由に使ってくれて構わないわ。お風呂は四人で順番に入るの。初子さんが呼びにきてくれるのを待っていてね。よければこれから外を案内するけど、疲れているようならあとにしましょうか」

どこまでも優しい気づかいに、申し訳なさが大きくこみ上げてきた。

「大丈夫です。私は大食いなうえに頑丈ですから、どうかご遠慮なくこき使ってください」

口元をわずかに持ち上げた朱緒は、「それじゃあ遠慮なく」と言って廊下から中庭へ降りた。

阿多香も庭下駄をつっかけてあとにつづく。

大きな石や木々を配した純和風庭園で、楓《かえで》や柘植《つげ》の向こうには白木でできた厳かな神殿風の建物が見えた。幅は十二、三メートルもあるだろうか。だとすれば、中は五十畳くらいのはずだった。

「ここは奥殿と呼んでいるの。中へ入る前に、ちょっと裏へ行きましょう」

建物をぐるりと取り囲む欄干を右手に見ながら裏へまわると、奥に鳥居のあるちょっとした広場があった。中央にこまかな炭状の木切れが落ちているところを見ると、火でも焚くのだろうか。

左手の脇には広い木陰をつくっている楠の大木があり、右手にはなだらかな登坂が続いていた。

「あの坂の上には小さな泉があるの。行ってみる？」

「はい」

問われてすぐにうなずいた。いまはどんなことでも知っておきたかった。

三分ほど登って、直径五メートルばかりの池についた。真っ白な石英の底石が陽炎のように揺らぎ、水が湧き出ているのがわかる。深さはさほどなさそうだが、驚くほど澄んだ泉だ。

頭上高く突き出した岩のあいだからは細い滝が流れ落ちていて、それも山の清水なのだという。

「ここは沐浴の場なの」

言われてみれば岸の一部が三畳ほどの平らな岩になっており、そこだけ遠浅になるよう、水底を盛り上げてあった。

樹木と自然の岩に囲まれた空間はひどく厳かな雰囲気があり、岸辺に立っているだけで身が浄められるような気がした。

また広場まで戻ってくると、正面にある朱に塗られた鳥居をくぐった。奥にあったのは社ではなく裏山から突き出た洞窟の入り口だ。紙垂《しで》の下がった格子戸が取り付けられており、中は深くて見えないが、冷涼な風が吹いてくる。

苔むした岩々といい、澄んだ木々の香りといい、あまりにも神聖な空気に阿多香は思わず背筋を伸ばした。

そのとたん、軽いめまいにおそわれ、半歩踏み出してようやく体をささえた。

「大丈夫?」

「あ、はい……すみません。大丈夫です」

体を立て直すと、うなずいて見せた。

「この岩屋には御筒様《みづつさま》と言って、特別な神様が祀られているの。うちは代々巫女で、ときどきお勤めをするのよ」

「それで、こんな立派なお屋敷なんですね」

初めて納得がいき、大きくうなずいた。

「そのことについて、もうすこし話しておかないといけないのだけれど、まずはご挨拶しましょう」

格子戸のほうに向き直った朱緒は、二拍手一礼して祝詞を捧げはじめた。

濁りのない、やや低い声が朗々と響き渡る。日常の色を残していた空間がまったき神域へと変じ、阿多香は畏れ多い思いで全身を緊張させた。

神の存在など信じない者のほうが多い時代だが、そこまで徹底した唯物主義にはなれない。目に見えないものへの感謝と親しみを忘れない両親の元で育ったせいか、阿多香には「人間は自然の一部に過ぎない」という思いが強い。「生きている」というよりは「生かされている」と感じることが多かった。

祝詞が終わると、今度は多少わかりやすい別の古語が続いた。

「御前《みまえ》に参りしは武井阿多香と申す者、御土来千沙《みとらいちさ》の曾孫なり。今日より我が弟子としてともに住まいしに、久《く》しく尊き大神《おおかみ》の、御守護《おんしゅご》願い奉り申す」

それまでほとんど無風だった岩屋の前を、一迅の風が吹き抜けた。

脇に立つ大きな楠の木がざわめく。

阿多香の足元には小さなつむじ風ができ、戯れるように三周すると格子戸の中へと吹き去った。

「御筒様に認めていただいたようね」

ややあってかけられた言葉に、詰めていた息が一気に吐き出された。

「あ、あの……今のが御筒様ですか?」

確かめずにはいられなかった。こんな神秘体験は初めてなのだ。

「さっき、あなたはふらついたでしょ? そのとき、ここまで出てきてくださっていたのよ」

朱緒は格子戸の向こう側を指し示した。

「そう……なんですか」

まだ肌の粟立ちが治まらないまま、阿多香は格子戸の奥を見つめた。真っ暗で何も見えなかったが、何やら大きくあたたかい力に取り巻かれているような気がする。

「いっしょにお礼をしましょう」

かつてない感動を覚えながらうなずき、二人で二拍手一礼をした。

奥殿のほうへ戻る道すがら、朱緒は語った。

「手を打つことには、呼び出しと感謝と邪気祓いの意味があるの。古代からの日本独特のやり方で、とくにここでは両手を合わせたときに自分の気をため、それを打って放出するの。慣れればすぐできるようになるわ」

奥殿の正面まで戻ってくると、階《きざはし》の下で履物を脱ぐ。

「中へ入りましょう」

朱緒が開いた二枚扉の中は、手前が幅一間の板張り廊下で、一段上がったその奥は三十畳の畳敷きだった。

正面には白木でできた祭壇があり、お神酒や御幣《ごへい》、榊《さかき》が供えられている。中央にはよく磨かれた銀の鏡があった。

祭壇の前には、直径七十センチほどの足つきの水盤が置かれていた。青銅製らしく、古代の祭具のような凝った細工が縁や足に施されている。

そこに座って阿多香が聞かされたこの家の歴史や神事にまつわる事柄は、たいそう興味深いものだった。

御土来家の初代は京都の生まれで、もともとは宮廷の女官を務めていた。しかし、千百年ほど前に神から啓示を受けて巫女となり、この玖奇石へ移ってきたのだという。

そのさい、巫女と御筒様の世話をする「三ツ屋《みつや》」と呼ばれる特別な三家も帯同した。今はそれぞれ「東屋《ひがしや》」「南屋《みなみや》」「西屋《にしや》」と呼ばれているが、中でも東屋の格式がもっとも高く、三ツ屋のまとめ役をしている。

立春・春分・夏至・秋分・冬至の年五回、巫女がひと晩岩屋へこもる「筒ごもり」と呼ばれる神事があるほか、週に一度、三ツ屋の当主たちが奥座敷に集まってくる「例会」がある。

ときおり、ご神託を求める客が訪れることもあり、それもこの奥殿で朱緒が対応している。

「亡くなった私の母も力の強い人で、政治家や有名な財界人がよくきていたわ。このことは他言無用だから、あなたも承知しておいてね」

さらりと言われたことの重大さに戦慄し、阿多香は神妙な面持ちで「はい」とうなずいた。

翌日から、染織家としての修行生活が始まった。

草木染めは、植物を乾燥させたり、あるいは生のまま煮出して染液をとる。そこに木綿や絹の糸を何度もひたしたり煮たりして染め、色を変化させる場合は、焼きみょうばんを水に溶かしたものやサビ釘を酢で煮て作った媒染液につける。

木綿は染まりにくいので、大豆をつぶして絞った豆汁《ごじる》またはタンニン液をあらかじめ染み込ませておく。

大雑把な知識は、玖奇石へ来る前に本を読んだりネットで調べたりして頭に入れておいたものの、実際に作業するとなるとそううまくはいかなかった。

植物は春から秋にかけて刈りとるが、季節や場所によって出る色が違う。ほぼ毎日、裏の山へ入って大量の草木を採取し、大鍋で煮出した染液を濾《こ》し、糸を染めて干し、といった作業を終えると、口をきくのも億劫なほど疲れ果てた。

また朱緒は、初日の優しさが嘘のようにきっぱりと師と弟子の線を引き、細かい指導は助手の剛木に任せた。なにかと気づかってくれるのも彼だった。

「先生は、作品の世界に入るとまわりが見えなくなる。寝食を忘れて工房にこもることもある。そっけないのは元々だから気にするな」

豆汁作りや煮出す順序をまちがえ、弟子として見限られたのではないかと心配になったときにそう言ってもらい、ずいぶん救われた。

「ありがとうございます。まだぜんぜん慣れなくて、次になにをすればいいのかもあやふやで……」

「まだ一週間だ。わからなくて当たり前さ」

近くによると百八十センチをゆうに越す長身と胸板の厚さに圧倒されそうになるが、もの言いは穏やかで、仕事ぶりには誠実さがにじんでいた。

「がんばります」と言いながら、どういう経緯で朱緒の助手になったのかが気になった。剛木は染織家を目指しているというわけではない。かといって、普通の使用人とも違う。

一日の作業が終わって、濾し布や道具を洗って片づけているときに、何気なく尋ねてみた。

「あの、どうして先生のもとで働くようになったんですか?」

しばらく間があった。まずいことを訊いてしまったかと後悔しかけたとき、作業する背中から答えが返ってきた。

「人を殺して刑務所に入った。出てきたときには、ここしか雇ってくれるところがなかった」

「人を……殺し……?」

「くだらない喧嘩だ。父親が玖奇石の出身だったんで、頼み込んでくれたんだ」

「そうだったんですか」

もともと言葉数の少ない剛木はそれ以上言わなかったが、数日後の昼下がり、詳細を知る機会が訪れた。朱緒と剛木が都心まで出かけてちょうど留守になったため、初子が疲労回復の特製薬草茶をふるまってくれたのだ。

「稜《りょう》さんはね……ああ、ここは同じ名字が多いから、たいてい下の名前で呼ぶのよ。あの人はなんだかちょっといかがわしいショーに出ていてね、あんまりタチのよくない人たちとの関係もあったらしいの。芸能人っていうのでもないのよ。私もよく知らないんだけどさ」

剛木の父親は若い頃に村を出て結婚し、子供を連れて里帰りすることもたまにあったが、村人との付き合いはそれほど深くなかった。ただ東屋の親戚にあたるため、五年前の夏に出所した息子のことを頼みにきたのだという。たまたまその春に初子の夫が亡くなっていて、御土来では男手を求めていた。

「最初はちょっと怖いような気がしたわよ。左の腕に大きな傷もあるしね。喧嘩のときに斬りつけられたんだって言うけど、まあ、私らみたいなものには考えられない世界だわね」

たしかに腕をまくり上げたときに、鉤裂きになった大きな傷が見えた。特に気にもしていなかったが、理由を知ってみると心がざわつく。

「そんな物騒な人間を入れていいのかと三ツ屋でも心配してね。そしたらお嬢さまが修行しなさいって言ったのよ」

「修行ですか？」

「そう。なんのことかと思うでしょ？　別に変なことじゃないの、そのまんまの意味。裏に生えている大きな楠の樹があるじゃない。あの下で一日中瞑想したり、奥山の滝に打たれたり、毎朝裏山の上にある祠までお参りにいったり……。もうね、すべてお嬢さまに言われるとおり。お参りは雨が降ろうが雪が降ろうが、一年間休まなかったわね。往復で一時間はかかるからねぇ、若くたって楽じゃないわよ」

言い付けられた仕事を黙々とこなす姿の奥にそんな厳しい日々が隠されていたのかと、阿多香は驚いた。

「不思議なものでね、三月《みつき》、半年と過ぎるうちにだんだん顔からすさんだ感じが消えていって、一年たつころには別人のように変わったのよ。いまじゃどっかのお坊さんみたいに穏やかでしょ？　それで三ツ屋もしぶしぶ承知したってわけ。まあ私は大助かりよ。家中の掃除を手伝ってくれるし、庭仕事は全部やってくれるからね」

掃除は阿多香もするようになったので、ますます楽になったと初子は笑った。

「あの、じゃあ、先生がときどき厳しくなさるのは、その修行の一環なんですか？」

朱緒はほとんど感情を見せず、ふだんはひんやりとした雰囲気をまとって他人を寄せつけなかったが、剛木にだけはときおり激昂することがあった。

それを初めて目にしたのは、ここへ来て数日後のことだった。染めた糸を竿に通して干していると、洗い場のほうから大きな声が聞こえてきたのだ。

「カモジグサは一キロにしてと、昨日言ったでしょ！　こんな薄い液、使いものにならないわ！」

寸胴鍋をひっくり返すやかましい音がして、「申し訳ありません」という声がつづいた。

驚いて染め場を覗いてみると、朱緒の姿はすでになく、剛木がぶちまけられた鍋の中身を片づけているところだった。まだ湯気が立っていて、あたりにも熱気が立ち込めている。よく見れば作務衣の裾が濡れていた。

「足首にかかったんですか？　火傷しませんでしたか？」

あわてる阿多香に、剛木は「大丈夫だ」と静かな声を返してよこした。

大丈夫なはずはなかった。

「ダメですよ、すぐ冷やさないと！」

駆け寄って裾をまくろうとすると、手首をにぎって止められた。

「いいから、自分の仕事に戻ってくれ」

荒い口調ではないが、有無を言わさぬ力がこもっていた。

そのときは仕方なく引き下がったが、一週間ほどたってまた似たような場面に出くわした。離れていたために言葉はよく聞き取れなかったが、朱緒が竹箸で剛木を打擲していた。

よけもせずに打たれつづける剛木と感情的な朱緒に、阿多香はひどい違和感を覚えた。「これが、あの物静かで聡明な先生か」と、信じられない思いでいっぱいだった。

その後もたびたび目撃したが、怒りの原因はどれも些細なことだったり、そもそも言いつけられていないことだったりした。

その理不尽さがわかってみると疑念や同情がわきあがり、修行生活の中の小さな棘となっていた。

「ああ、あれね。あれはお嬢さまの癖みたいなもの」

「癖？」

「まあね、こんな山奥に閉じ込められて、巫女になることを運命づけられているわけだから、どこかに吐け口がないとね」

少し言葉を切り、初子はぷっくりとした健康そうな手を急須へ添えてお茶を継ぎ足した。

「小さいころから、そりゃあ聞き分けのいい利発な方だったのよ。お母さまの笙華《しょうか》様も本当におきれいで、お二人がそろうと神々しいと言うか、近よりがたいものがあってね。普通の子供のような遊びもせず、勉強と巫女修行ばっかりの毎日だったわねぇ」

「そうだったんですか」

思った以上に厳格な規律と深い信仰に支えられているのだと知り、阿多香は岩屋の前での厳粛な思いをよみがえらせた。そして同時に、朱緒への痛ましさが抑えようもなく湧き上がってきた。

以前なら因習こそがすべてで、個人の自由など簡単に踏みにじられるのが日本の山村の常だった。村人たちも、あまり疑問など抱かなかっただろう。

しかし時代は変わり、個の意識も強くなった。いまや多くの情報が簡単に共有される。そんな中で昔の価値観だけを強要されることは、どれほど不自由なことだろう。因習だからといって理不尽な仕打ちが正当化されるわけではないが、そのやるせない気持ちは察するに余りあった。

「それじゃ、ほかの人にもあんなふうにひどくあたることがあるんですか？」

「ううん、稜さんだけよ。あの人がここへやってきたのは、お嬢さまが染織家として名前を知られはじめて、ちょうど忙しくなっていた時期でね。巫女以外の仕事をして、もっと自由に外へ出たいという思いが強くなっていたんでしょう。しきたりを何よりも大切にする三ツ屋とのあいだでぶつかることもあったと思うわ」

そうした葛藤が、剛木という助手を得て、うまくやわらいだのではないかと初子は考えているのだった。

「ときどきはあの人を気の毒に思うこともあるけど、ここを辞めたいようでもないし、お嬢さまはお嬢さまで、なんだかんだ言いながらけっこう頼りにしているしね。当人同士の気持ちはよくわからないけど、あれはあれでいいんじゃないかと思ってるの」

自分を生まれ変わらせてくれた朱緒に、剛木は恩義を感じているのかもしれない。いずれにせよ、他人が口を出すことではなさそうだ。

阿多香は弱く微笑みながら「そうですね」とだけ返した。


三カ月がたち、染めの作業工程もしっかり頭に入ってミスらしいミスもしなくなった頃、朱緒に呼ばれた。

「だいぶ慣れてきたようね」

「ありがとうございます。まだまだですが、なんとかご迷惑をかけない程度にはできるようになりました」

いつもよりはいくぶん穏やかな表情の師匠の前で、緊張しながら答えた。

「明日から、機織《はたお》りを習いに行きなさい」

「機織りですか？」

唐突な話に戸惑いながら聞き返すと、一枚の紙切れがさし出された。簡単な地図と「戸川《とがわ》さき江《え》」という名前が書いてある。

「さき江さんはおばあさまの侍女をしていた人で、機織りの名手なの。私も手ほどきをしてもらったわ。毎日でなくてもいいから、二、三カ月通いなさい」

「はい、わかりました」

返事はしたものの、まだ心構えができていなかった。

技術はもちろん習得したかったのだが、染色のことだけでも覚えることが山ほどあり、まだ納得がいくほど身についたわけではない。いま機織りができるようになっても、布を織らせてもらえるようになるまでは当分かかるだろう。性分なのかもしれないが、ひとつのことをきちんとやってから次へ行きたかったのだ。

だが、師匠の命令となれば従わざるをえない。翌日、阿多香は手書きの地図を頼りに、戸川家を訪ねていった。

さき江は、ひどく小柄な老婆だった。ふっくらとした頬が薄紅色で、シワ深いのに可愛いらしい印象がある。中身もごく人の善い、開けっぴろげな人物だった。

「まあまあ、よくきたねぇ。迷わなかったかね？」

「はい、村の中の道ならだいたいわかるようになりましたので」

「あれまあ早いこと。若い人はなんでも覚えるのが早いねぇ。年をとるとダメだよ。今朝食べたものだって忘れるもの」

返事に困って、曖昧に笑う。

「いいねぇ、スラッとしてスタイルが良くて、美人で！」

唐突な賛辞に戸惑いつつも「いえ、そんなことありません」と、いそいで否定する。

「いいえ、御土来の家は代々美人と決まってるからね。お千紗様のひ孫なんだって？　たしかに面影があるわね」

「曽祖母をご存知なんですか？」

「お嫁に行かれたのは私が七歳のときだもの。もうずいぶん昔のことだけど、ようく覚えてるよ。自動車へ乗り込む前に、村の中を馬でひと回りしてくださってねぇ。桜が満開のよく晴れた日で、そりゃあもう夢のようにおきれいだった」

「そうでしたか」

曽祖母は阿多香が五歳のときに亡くなった。指の長い上品な手と、膝に抱きあげられたときのなんとも言えない安心感とぬくもりしか記憶にないが、写真で見る顔は朱緒とどこか雰囲気が似ていた。

「村中の噂だよ。あんたと朱緒さまは姉妹のようだって」

「えっ？　私と先生がですか？」

とんでもない冒瀆のような気がして、つい声が大きくなった。

学生時代のフィールドワークのせいか、とても色白とは言えなかったし、性格も大雑把で、がむしゃらに突っ走るところがある。優美さや気品といったものとは縁遠いと、自分では思っていた。

「いや、それはちょっと……なにかのおまちがいではないでしょうか」

「ずっと巫女さまがたを見てきたここの人たちにはわかるんだよ。ひいおばあさまから大事なものを受け継いでなさるね」

「そうでしょうか」

玖奇石の人々にしかわからないこともあるのかと思い、控えめに答える。一方で、御土来家がこの地の隅々にまで根を下ろし、弟子入りしてきた若い娘がその血筋だというだけで、これほど関心を持たれるのかと改めて驚いていた。

その日は縦糸のかけ方や横糸を通す杼《ひ》の使い方など、基本的なことを教わり、太い麻糸でランチョンマットを織った。単調で根気のいる作業だったが、少しずつ模様が出来上がっていくことは思った以上に阿多香を興奮させ、夢中にさせた。

さき江は話好きで、その後も習いに行くたびに、御土来や玖奇石についていろいろ教えてくれた。

「これは村の誰もが知っていることだから、あんたも知っておいたほうがいい」というのが、お決まりの前口上だった。

「朱緒さまが自由に仕事ができるようになったのは、なんといってもお母さまの笙華様のおかげだよ」

「もうお亡くなりになったと伺いましたが」

「そう。もう十六、いえ十七年になるかねぇ。三十三歳で突然お亡くなりになってしまって……。なんだかんだ言っても若いときのことが響いていたんだろうねぇ」

「なにかあったんですか？」

巫女の家柄という神秘性もあって、いやでも好奇心が湧く。

「駆け落ちさね」

「駆け落ち！」

　さき江は、重々しくうなずいた。

「笙華様が十七歳のときのことだわね。二歳年上の杉沢英介《すぎさわえいすけ》さんという人と好き合ってね、都心の大学へ進学したのを追いかけていってアパートでいっしょに暮らしはじめたんだよ。英介さんはそりゃあ優秀な人でねぇ。ほら、あんたも知ってるんじゃないかね、いまは国会議員になってるから」

　杉沢英介といえば、与党の中堅議員の中でも切れ者と評判の実力者だった。大物議員の娘である妻は足が不自由で車いすの生活だが、彼はどんなときでもいたわりを忘れず、愛妻家としても有名だ。二男一女の家族五人で写っている写真を見たことがあった。

「一人娘だったから、お母さまのお詩珠《しず》様はろくに食べられなくなるほど心配なさってねぇ」

　痛ましげに首を振る老婆の胸には、自分が仕えた主人の当時の憔悴ぶりがよみがえっているのだろう。

「翌年、朱緒さまがお産まれになったという知らせを受けたとたん、ついにお倒れになった」

「おめでたいことじゃなかったんですね」

「巫女さまはね、自分が産んだ女の子に後を継がせるという決まりがあるんさね。父親は三ツ屋の中から選ばんといけん。そうしないと祟りがあるっていう言い伝えがあってね」

「えっ！　本当に祟りがあったんですか？」

「昔のことはわからんけど、笙華様が駆け落ちしてからはたしかにあったわね」

その年の夏はあまり雨が降らず、日本中に作物の被害や水不足が発生した。その分、秋になって台風が多数発生し、今度は土砂崩れや河川の決壊が相次いだ。

「ここでも山が崩れて四人亡くなった。それに、年が明けたら寒い日がいく日もなくて、すぐにあったかくなってしまってさ。花が早く咲きすぎたから、農家は苦労したんだわ」

また、雪がすくなかったために川の水量が細り、枯れた泉もあったのだという。

「よその天気がおかしくても、この玖奇石だけは困ることなく今まできてたに、笙華様のせいで御筒様がお怒りになったと、村中が大騒ぎだった。そこへ出産の知らせだからねぇ。もともとあんまりご丈夫でなかったお詩珠さまは耐えられなかったんだろうさ。それからは寝たり起きたり……。お加減がいいときだけお勤めをなさってたが、二年目の春に、とうとうお亡くなりになってしまったんだわ」

それを受けて三ツ屋の当主三人が、二人のアパートへ説得に行ったのだという。母の死と玖奇石の窮状を告げられた笙華は、断腸の想いで杉沢と決別し、二歳の朱緒を連れて戻ってきた。

村人の全員が気持ちよく迎えたというわけではなかった。さき江にも複雑な思いがあったようだが、その後、笙華が巫女としての力を発揮しはじめると状況は見る間に変わっていった。

泉の水は再びこんこんと湧きいで、秋の実りも豊かになり、政財界の要人の訪れもふえていった。母よりも力量が優っているのは、誰の目にも明らかだったのだ。

「あのころの笙華様は、まさに心血を注いでお勤めをなさっていたねぇ。お詩珠さまの三倍は働いていらっしゃった。朱緒さまを祟りの子にしたくないというのもあったんだろうねぇ。いつしか悪く言う者もいなくなって、またみんなが巫女さまを頼りにするようになっていっただよ」

自分の欲望をいっさい封じ、役目に徹する姿をときおり痛ましく感じることすらあったと、さき江は語った。

「お詩珠様のご心労をおそばで見ていたときにはお恨みしたこともあったがね、もう昔のようなわけにはいかない時代だからねぇ。普通なら好きな人といっしょになるのがいちばんしあわせだもの。英介さんもかわいそうだった。根は真面目だからねぇ」

風がゆるやかに吹きわたる初秋の風景を縁側からながめながら、老婆はしわ深い手に持った茶碗を口元へ持っていった。

「でも、生まれたのが女の子でよかったですね。そうじゃないと、三ツ屋の誰かと、あらためて子をなさないといけなかったわけですよね？」

すくなくとも望まない相手と望まないことをせずにすんだのはさいわいだったと思う阿多香に、さき江は首を振った。

「いやいや、巫女さまには代々女の子しか生まれないんだよ」

「ええっ？」

「初代様からこっち、男の子が生まれたことはいっぺんもない。なにしろお力が確かだっていうんで、信者がふえすぎてお上に憎まれたくらいだからね。それで千百年ばかり前にこの玖奇石に移ってきたんだもの。巫女さまはまちがいなく神様とお通じになられている方で、そのお血筋がいまでもつづいていることだけは確かさね」

当たり前のように言うそのまなざしには、疑いの欠片も見えない。

この現代にも残る神威をありありと感じ、阿多香の背筋に震えが立ちのぼってきた。

「だがねぇ、朱緒さまにはまだお子がない。もう三十を過ぎていらっしゃるのにって、村中が心配している」

あからさまなためいきのあとに愚痴がつづいた。

「玖奇石の者はみんな御筒様のおかげで暮らしてこられた。役所から出る補助金が多いのも、林業のモデル地区とかっていうのになっているのも、お告げが当たるから、エライ人たちが世話してくれてるって話だわね。それがなけりゃ米も取れないこんな山奥の村、とっくに消えてるわね。また恐ろしいことが起きなけりゃいいが」

素朴な老婆の懸念が、阿多香には生々しくも身勝手なものに思われ、かすかな嫌悪感が心の底をかすめる。部外者であることを承知で、つい師をかばうような言い方をした。

「先生はおつらい思いをなさっているお母様のお姿を見て育ったから、自分はもっと自由に生きたいとお思いなんじゃないでしょうか。三十一歳なんてまだお若いですし、大丈夫ですよ」

「そうかねぇ」

まだ心配の消えない声で言って、老婆は二、三度まばたきをした。

第二章　師の淫らな秘密

糸を染める作業は三人でするものの、布を織るときは朱緒が一人で織り屋にこもる。インスピレーションが湧けば、夜中だろうがかまわず取りかかり、ひと晩中出てこないこともあった。

さき江の話を聞いたあとでは、それが子をなす代わりのまさしく命を生み出す作業のように、阿多香には思われた。

実際、このように因習にがんじがらめにされた環境のなかで、毅然として自分の生き方を貫くことは、とても大変なことだろう。周囲の意見にいちいちあらがって、誰にも文句を言わせない結果を出しつづけなければならないのだ。母が道筋をつけてくれたとはいえ、それを継続し、拡大していくことに費やすエネルギーは計り知れないものがあるはずだった。

十月も半ばを過ぎたころ、山栗をイガごと採取してもどってくると、朱緒の叱声が染場の外まで聞こえてきた。

「剛木、今日は絹じゃなくて木綿を染めるって言ったでしょ！　豆汁ができてないじゃないの！」

「申しわけありません」

たかぶった鋭い声とは対照的な、低く静かな声が応える。

中に入ることがためらわれ、阿多香は籠を背負ったまま裏口からそっと離れた。

それでも、染材料の小枝で打っているらしい乾いた音が、開け放った窓から響いてきた。そうとう強く打っているようなのだが、呻き声一つ聞こえてこない。その横顔は、以前目にした、すこしうつむいて打たれる剛木の姿が思い浮かんだ。

初子の言葉ではないが修行僧のようでもあった。

仕方のないことだとわかっていても、無視できるほど冷徹にはなれなかった。なにか別の方法で朱緒の気持ちをなだめられないものかと思ってしまう。

だが、まだやっと四カ月の弟子に、良い知恵など浮かぶはずもない。

二十分ほどして、いま帰ってきたかのように入っていくと、二人はもういつものように作業をしていた。

剛木の左の頬には、ふぞろいな赤い筋が二本見える。袖をめくりあげた傷のある二の腕のあたりにもこまかい傷やあざがついていたが、阿多香は気づかないふりをした。

その夜はなかなか寝つけなかった。

雨戸を一枚開けて中庭へ降りる。廊下の端に腰かけて秋の虫の声を聞いていると、山深い夜の湿気が心地よかった。

阿多香には生まれつき不思議な感覚があった。音や文字に色が見えるのだ。母も同じような感覚の持ち主だったので、とくに困ることなく過ごしてきた。

岩屋の前で朱緒が祝詞をあげてくれたときには、白い光と金色が見えた。いまながめる夜の庭もただの暗闇ではない。薄いオレンジや黄緑、水色などが乱舞していた。

しばらくそうしていると、池の向こうを横切る人影が見えた。蒼い月明かりに浮かび上がった顔は剛木である。

息を詰めて見ていると、工房へ入っていく。たしか今夜は、朱緒がこもって布を織っているはずだった。

(剛木さんが自分から行くはずはないし、先生がお呼びになったんだろうけど、こんな夜中に、どんな用があるのかしら)

機織りに助手はいらないはずだった。朱緒はむしろ一人で集中するのを好む。

（じゃあ……やっぱり……いえでも、そんな！）

巫女は次の女の子を生む義務があることや、母の笙華は掟を破って駆け落ちしたこと、朱緒自身もこれまでの巫女と同じ道を通っては来なかったことなどが頭の中を駆けめぐり、ひどく混乱した。

どう考えても、答えはひとつ処へ行き着く。だがふだんの扱いを思うと、それもにわかには信じられない。いくら修行で禊《みそぎ》を済ませたとはいえ、元殺人犯だということへの蔑みがどこかに残っているのではないかと思うほどだ。三ツ屋の男たちを差し置いて彼との交歓を望むとしたら、それはとてもいびつなことに思えた。

では、なぜこんな夜中に呼びつけたのか。

阿多香はしばらく迷った。迷って、迷って、どのくらいそうしていただろうか。

ついに好奇心に負け、はしたなさを承知で工房へそっと近づいていった。

裏口へ体を寄せ、聞き耳をたてる。なにか話しているようだが、内容は聞き取れない。

そうするうちに、突然、朱緒の苦しげな呻き声が聞こえてきた。

ときにはくぐもった悲鳴がまじり、木がきしむような音まで聞こえてくる。

わけがわからなかった。少なくとも想像していたこととはすこしちがうような気がする。

実を言えば、阿多香には性の経験がなかった。生来のマイペースとフィールドワークの面白さに夢中になっていたこともあり、合コンに出たこともなければ、告白されたこともない。まわりには「遊びで手折ってはならない愛らしい天然」として認識されていたのだが、本人はまったく知らなかった。

立ちつくしていると、男の声が低く響いてきた。

「まだ許さんぞ」

初めて聞く剛木の恫喝だった。

あまりの驚きに体が半分浮きあがり、脇に立てかけてあった竹ぼうきを倒してしまった。

「誰だ！」

怒鳴り声がして、すかさず戸が引き開けられる。見下ろしてくる男の鋭い視線が、阿多香を認めてふとゆるんだ。

「なんだ……どうした、こんな夜中に」

「いえ、あの……」

どうにもいいわけのしようがなく、うろたえながら肩越しに奥を見ると、縛られた白い裸体が天井の梁から吊り下げられていた。手ぬぐいで猿轡をされたうえに仰向けで体を二つに折られ、股間がすっかり上を向いたとんでもない格好だ。

(あれは……先生!)

ありえない情景に大きく息を呑む音が、張りつめた闇にさざなみを立てる。

目を離せなくなった阿多香に、剛木は不敵に笑って言った。

「見ていくか」

はっと我に返り、首を振って断るものの、戸口から身を引きはがすことができない。

「好きにしろ」

言い捨てて、吊られた裸体の元へ戻る背中は別人のようだった。

いつもは朱緒を「先生」と呼んで敬語で話し、用を言いつけられれば黙々と仕事をこなす。ほとんど気配のない薄い墨絵のような存在だが、いまは猛々しく精気に満ち、威厳さえ漂っていた。

阿多香はそこで初めて、朱緒がつらく当たるのは剛木への甘えなのかもしれないと気づいた。

初子が言うようなストレス解消のためなどではなく……いやそれもあるのかもしれないが、それがすべてではない。ひと言では説明できないものが、目の前の二人のあいだにはあった。

最初の動揺をかき分けて、たぎるような熱が体中に広がった。交歓以上のものを見せられ、うまく息ができない。

未経験なまま生きてきた二十五年を、恥とも重荷とも思っていなかったが、さすがにこれだけの光景を目にしてマイペースではいられない。

朱緒は、すでに汗まみれだった。

縦長の優美な空洞を見せている鼻から、苦しげな荒い息が不規則にこぼれている。いつも綺麗にまとめられている髪は幾筋も乱れ、身体といっしょに逆さまになって揺れていた。

剛木は、幅が七センチほどもある柔らかな革のパドルで、足の間からふっくら盛り上がって見える無毛の女陰を強く打った。

手ぬぐい越しのくぐもった悲鳴が淫らな尾を引く。

痛みに耐えようとしてか、斜めに下がった頭があがり、背中にまわして縛られた手のひらがぎゅっとにぎり込まれている。

もう何度も痛みを与えられているのだろう。蘭の花びらのようにうねった秘処は紅色に染まり、しかも蜜を塗ったようにたっぷりと濡れていた。

阿多香は思わず自分の口を押さえた。そうしなければ恥ずかしい声がこぼれ出てしまいそうだった。

どう見ても異様な光景であるにもかかわらず、朱緒は驚くほど妖艶で美しかった。押しつけられた太ももの下で窮屈そうにつぶれている乳房は豊かにはみ出し、縄の食い込む肌は初雪のようにはかなく白い。

パドルが再び振り上げられると、拒絶の呻き声があがって、眉根を寄せた顔が左右に振られた。

しかし願いは聞き入れられることなく、つづけざまに三度も振り下ろされる。

パシン、パシンと、工房にこだまする打音につづいた悲鳴は、あの冷たく澄んだ麗人のものとはとうてい思えないほど濁っていた。

「まだ許さんと言ったはずだ」

大きな手であごをつかまれて揺すられると、また細い声がこぼれた。

「どうせ阿多香にはバレてしまったんだ。もう気をつかう必要もない。はずすか」

節の高い指が口をおおう手ぬぐいに触れると、朱緒は顔を背けた。

小刻みに震えるまぶたのあたりが、ほんのり染まっている。

それはそうだろう。弟子にこんな姿を見られて恥ずかしくないはずがない。

猿轡のとれた素の顔を阿多香のほうへ無理やり向けさせられると、朱緒は一瞬だけ目を合わせた。だがすぐに瞳を隠し、悲しげにすすり泣いた。

「お前の淫乱ぶりを、じっくりと見てもらうか」

長くて力強い二本の指が、拒む隙を与えず濡れた襞にさし込まれる。ぐるりとかき回すように動くと、淫液の絡まる音が聞こえてきた。

「いやっ！」

切羽詰まった拒絶の声は、聞いたこともないほど艶めいていた。

中で指を曲げているのだろうか。動きはゆるやかなのに、粘りのある音が絶え間なく響く。

しだいに呼吸の間隔が狭くなり、閉じた目元に力がこもってまつ毛がふるえはじめた。見る間に全身が紅潮したかと思うと、ふいに白い顎の先が上がって、天井の灯をやわらかくはじく。汗に濡れたまろやかな臀部が、ときおり引き締まって小さく痙攣した。

「まだイクなよ。ご褒美は、もっとあとだ」

その声は、まさに支配者のものだった。すこしの迷いもない。むしろこちらのほうが本当の姿なのではないかと思わせるほどだ。

大きな音を立てて指が引き抜かれると、非難しているようにも聞こえる悲鳴があがった。

抜かれた空洞は、そこにないものを欲しがって何度も収縮し、そのたびに中から白濁した蜜液をあふれさせた。

阿多香は、戸にすがって立っているのがやっとだった。

剛木は、寝かせた状態で吊っていた朱緒の体を縦にして、足を床に降ろさせた。そこから改めて両足をM字型に開き、膝を宙に固定する。それはまるで空中に椅子かなにかがあって、そこへ腰掛けているかのような、正確で美しいバランスだった。

彼は作業台の上に手を伸ばすと、小枝を手にとった。それは昼間、朱緒に打たれたときのものだ。まだ葉は青々としていたが、ところどころちぎれている。

(じゃあ、あれは……)

激情はただの甘えではなく、これで責めてほしいという合図なのかと思ったら、なおさら体が熱くなった。

小枝の先が、形よく伸びた長い脛を下から上になであげた。微妙な刺激に裸体がかすかに揺れる。

下腹部を通過するときは、小さなあえぎが聞こえてきた。

やがて、上下を縄で引きしぼられ、前に突き出した白い乳房に達すると、短く何度も鼻が鳴った。乳首は大きくふくらんで紅潮し、みずみずしい潤いを帯びている。うつむいてせつなげに目を閉じ、小枝のなぶりに耐えていた朱緒は、ついに言葉を絞り出した。

「早く！」

剛木はすこしもあわてなかった。

「待ち遠しいか」

余裕をもって言いながら、枝の根元の太いほうで乳首を下から押し上げる。そして、乳房にめり込むほど強く押し込んだ。

とたんに歓喜の悲鳴があがった。

つづいて、鋭く澄んだ打音が響くと、かすかな芳香が漂った。小枝は、楊枝などにも加工するクロモジだった。

リズムよく振り下ろされるたびに、すがすがしい木香が工房内に広がっていく。淫らで濃密な場面だというのに、場を浄化するような香りが不思議と似合った。

汗でおくれ毛を頬に張りつかせた朱緒の唇からは、細い悲鳴が絶え間なくこぼれ出ていた。打たれる場所が性器に移ると、その音色はあきらかに変わった。

水平吊りのときにはわからなかったが、大きめのラビアが打たれるたびに震え、からみついた粘液の雫が、糸を引いて落ちつづけている。

そして十回ほども打たれると、まとまった液体が勢いよくほとばしった。

「おもらしか。恥ずかしいやつだな」

からかう言葉に総身が染め上がる。

打たれたときに小枝がラビアの隙間に入り込み、尿道口を刺激されたための失禁だろうが、他人に見られたという事実は変わりない。

「もっとよく見てもらえ」

麗人のとてつもない羞恥を充分に承知したうえで、わざとそう言った男は、ラビアのドレープを無造作につまみあげると大きく開いた。外側ばかりでなく、内側の粘膜も真っ赤だった。

自分ではどうすることもできない朱緒は顔をそむけてすすり泣き、初めて自分以外の女性器を見せつけられた阿多香はついに立っていることができなくなった。

これ以上見ていたら、おかしくなりそうだった。

ここにいてはいけない、早く部屋へ戻ろう。そして布団をかぶり、なにもかも忘れて寝てしまうのだと自分に言い聞かせ、ようやく立ち上がろうとした、そのときだった。

知らぬ間に近くまできていた剛木に、右手首をつかまれた。

「手伝え」

短い言葉に心を縛られ、なすすべもなく引っ張っていかれる。

「ここを舐めてやってくれ」

示されたのは陰核だった。

「ひっ」と息を吸い込んだのは朱緒で、「お願い、やめて!」と必死な声で訴える。

剛木はそれに答えず、包皮を引き上げて紅珊瑚の肉芽をあらわにした。大粒なそれはしっかりと立ち上がり、透明な粘膜の下に熱い血が脈打っていた。

もし正常な思考が働いていたら、同性の性器に口をつけるなどということは、とてもできなかっただろう。しかも粗相をしたばかりである。

しかし、それはとてつもなく美しく、まがまがしく輝いていた。

強すぎる刺激でおかしくなりかけている自分を取り戻したいという思いと、隠微な誘惑がせめぎあう。

(どうしよう……)

泣きたい思いでもう一度、朱緒と陰部を交互に見た。

（ああ……）

これまでどおりの平穏な人生には、二度と戻れそうになかった。

甘い花芯の蜜に誘われるまま、阿多香はすこし身をかがめ、震える舌を伸ばした。

「ああっ！」

こらえることなく放たれた声は、甘く震えていた。

（私のしていることで先生が喜んでくださっている！）

そう思うと、もっと反応を引き出したくなった。

包皮を限界までむき上げて根元に強く舌先を差し込むと、縛られた体がおののいた。

全体をぐるりと舐めまわすと、明らかな嬌声があがった。

「初めてにしてはうまいな」

褒められて、礼の代わりに視線を上げる。男の手には、白蝶貝で作ったらしいクリップがあった。本物のモンシロチョウに似せた美しい仕上げで、胴の部分が二つに分かれるようになっている。

それが両方の乳首に止められると、朱緒は足指を曲げながら絶叫した。乳首はすっかりつぶれ、蝶の体内に収まっている。しかし、膣口からは粘液がとろりと滴り落ちた。

息をするのも忘れて見入っている阿多香に、剛木がいつもと変わらぬ声で言った。

「遠慮することはない。たっぷりいじめてやれ」

開かれた真っ赤な粘膜が、一瞬痙攣したように見えた。痛みをこらえる呻き声はあいかわらずつづいている。

阿多香はいっさいのためらいを捨てた。

高さが二センチ近くある陰核を唇でとらえると、強く吸い、歯を立てた。薄く塩味の残る尿道口や、愛液まみれの膣口まで丹念に舐め、ラビアもかわるがわる噛んだ。

いちばん声が高まるのはやはり陰核で、包皮を引っ張ったりゆるめたりしながら集中的に責めていると、尻を打つ音が聞こえはじめた。

見れば、細く切った革を束にした、長さ四十センチほどの鞭である。かなり重いらしく、性器に押し当てた唇にまでズシンと振動が伝わってくる。

朱緒は乱れに乱れていた。首を振り、声をあげ、涙を流しながら許しを乞うていた。だがそれも、途中からただの悲鳴だけとなり、やがてひときわ高く叫んだかと思うと、ついに失神した。

工房内に、静けさが戻ってきた。

阿多香は動きの止まった裸体から顔を離すと、よろけるように二、三歩下がり、その場にへたり込んだ。

朱緒のかたむいた顔をのぞき込んで様子を確かめた剛木は、振り返って声をかけてきた。

「大丈夫か？」

ぼんやりと見上げたまましばらくは何もできないでいたが、やがて小さくうなずいた。まったく大丈夫ではなかったが、うなずくよりしかたがなかった。

言葉のかわりにかすかな笑みを浮かべた男は、向き直って縄をほどきはじめた。

そして、すっかり自由になった裸体を作業台の上に寝かせると、背を向けたままで静かに言った。

「夜が明ければ、また師匠と助手に戻る。これは先生が望まれたときだけのことだ」

その声と言葉は、再び現実の時間が戻ってきたことを告げていた。

(長居をしたら失礼になる)

そうは思うものの、なかなか立ち上がることができなかった。涙まで浮かんできて、唇をかむ。

「もしかして……なにも経験がないのか」

剛木にしてはめずらしくためらう口調に、阿多香は初めて自分が処女であることを恥ずかしく思った。

真っ赤になってうつむくと、優しい笑いを含んだ声が聞こえてきた。

「気をつけて戻れ」

「……はい」

こんどこそ気を取り直し、官能の余韻を振り払う。

立ち上がって、まだいくらか怪しい足取りで戸口まで歩いたが、挨拶をしたほうがいいのかどうか迷った。振り返ると、意識の戻った朱緒が剛木を求めて腕を伸ばすところだった。

太い腕に抱き起こされたほっそりとした体には、鞭痕が鮮やかに残っている。しどけなく足を開いたままますがった裸身はしっかりと抱きしめられ、やがて唇が深く重なりあった。

翌朝、どう振る舞えばいいのか、阿多香はひどく悩んだ。なかったふりなどとうていできないし、「ゆうべはどうも」などというのはいかにも間が抜けている。とりあえず様子を見るしかないと思い、ともかくも朝食のテーブルについた。

剛木はもちろん、朱緒もいつもと変わらなかった。食欲も箸の運びにも乱れはない。ゆうべのことが嘘のように落ち着いている。

(あれは見なかったことにすればいいのね)

二人はそれを望んでいるのだろうと察した阿多香は、途中から肩の力を抜いた。ゆうべはたまたま眠れなくてあの時間まで起きていたのであり、ふつうなら目にする機会などないものだ。剛木につらくあたる理由がはっきりしたことで、以前よりは安らかな気持ちで働けるようになったし、忘れてしまうのが誰にとっても最良になるはずだった。

いくらか気が楽になった阿多香はしかし、忘れたふりというのもそう簡単なことではないのだとすぐに気づいた。

作業の最中に偶然ふれ合う二人の指先を見ればドギマギし、後ろ襟から朱緒のうなじがのぞけば、隠されている背中の鞭痕を想像してしまう。

夢中でよく覚えていない部分もあるが、自分がなにをしたのかを思うといたたまれない気持ちにもなった。

けっきょく、その日一日、いくつもの失敗をしてしまった。

自己嫌悪にかられた口数の少ない夕食が終わると、朱緒が阿多香を呼び止めた。

「今夜、機織りをしたいから糸かけを手伝って」

「あ、はい」

いつもなら、すべて自分でやるのに、今夜に限ってなぜそんなことを言うのか不思議に思いながらも返事をすると、初子が声をかけてきた。

「でしたらお嬢さま、お夜食をなにか用意しましょうか？」

朱緒一人なら必要ないのだが、阿多香も手伝うとあって心配してくれたのだろう。

「いいえ、大丈夫。そんなに遅くならないから。剛木もいるし」

最後の「剛木もいるし」には、かすかな抑揚があった。

初子は「そうですか」と言ってあっさり引き下がったが、阿多香は胸の高鳴りを止められなくなった。

「じゃあ、あとでね」と言って見つめてきた瞳は濡れたような艶をおび、その様子を視線の隅でとらえた剛木は、さりげなく背を向けた。

夕食の片づけがすんで織り場へ入っていくと、さらしの手ぬぐいで顔の下半分を覆われた裸身が、膝をついて腰を高く上げた姿勢で、後ろ手に縛られていた。

膝裏を竹竿に固定され、大きく開かれたまろやかな双丘のはざまには、男の指三本がさし込まれている。なぶられているのは女器ではなく、排泄のための硬い肛花だ。

こねまわすような動きにきつく眉をひそめ、額に汗を浮かべた朱緒は、小さく声をあげていた。いや、本当はもっと大きな声なのだろうが、猿轡が厳重で外にもれてこないのだ。よく見れば手ぬぐいが二重になっている。

「まだ初子さんが起きてるからな。夜更けまで待てない淫乱な肉奴隷には、このくらいでちょうどいい」

呆然と立っている阿多香に、剛木が言葉すくなく説明する。口の中いっぱいにさらしを詰め、その上から瘤を作った手ぬぐいを噛ませ、さらに幅広く畳んだもので覆ってあるのだという。

「くう」とか「うう」とかいう小さな呻き声は、普通の会話程度でもかき消されてしまう。引き戸に耳をつけても聞こえないだろう。

そのぶん「奴隷」は苦しいらしく、背中にも汗をかいていた。片手ではつかみきれないほど豊かな乳房は縄に上下を挟まれて重たげに揺れ、ふれた床板をすっかり湿らせている。

ゆうべのめまいがするような光景に勝るとも劣らない責め姿を見せられ、阿多香は呼吸もおぼつかなくなっていた。

どうしていいかわからずに立ち尽くしていると、剛木がかたわらの伊万里焼の大鉢からゴルフボールを取り出した。

「まだほぐしたりないが、待ちきれないだろう?」

「うう」という声とともに頭が小さく振られる。うしろの男を振り仰いだ目は涙ぐみ、つらさをしきりに訴えている。

だが、いちどやわらかな膣口に押しつけられ、すぐに離されたボールには、透明な粘液がたっぷりと絡みついていた。

「いつもより濡れが多いな。そんなに見られるのが好きか」

からかう言葉に、乱れた髪が激しく揺れる。羞恥は真実だというのに、体がそれを裏切る切なさが、にじむ涙に現れていた。

手ぬぐいにおおわれた顎をつかんで軽く揺すった剛木は、少し笑って阿多香を振り返った。

「頭を横向きにして、押さえてやってくれ」

返事も聞かずに、鉢の中へ潤滑ゼリーを注ぐ。

「は、はい!」

妙な震え声になってしまったことを恥じながら、朱緒の前にまわってほつれた髪をまとめ上げ、上からそっと押さえた。

期待されていることがなんなのかいまだによく理解できなかったが、とにかく言われたとおりにしなければならない。いや、むしろ進んでそうしたがっている自分がいることを、阿多香は認めざるをえなかった。

「それじゃゆるすぎる。もっとしっかり床に押さえつけろ。この奴隷は案外強情だからな」

「はい」と答えたものの、どこをどう押さえていいかわからない。奴隷は嫌がって頭を外そうとする。

迷っていると手をとられ、細い首の付け根と側頭部へ導かれた。

「首のほうは添える程度にして、頭をしっかり押さえろ」

言われたとおりにすると、猿轡の奥から呻き声が聞こえた。手のひらの下の横顔はすっかり紅潮し、あらがう力が強くなる。

腰縄の結び目をにぎって尻の揺れを封じた剛木は、鉢へ手を入れ、ぬめるゴルフボールを一個つかみ出した。

「今夜は二十個用意したからな、腹一杯呑み込めよ」

直径四センチあまりのものが二十個連なるとなると、六十センチを超える。

頭の中で計算した阿多香は絶句した。

（そ、そんな……そんなに入る……の？）

一個目を半分ほど入れたところで絶叫が聞こえてきた。

「まだきついか」

手を緩めてボールを九割がた出し、それからまた押し込む。それを三回繰り返したところで悲鳴を無視し、一気に直腸の奥まで送り込んだ。

「ウウウウッ！」

口をおおわれていなければ、部屋中に響き渡るような悲鳴だっただろう。真珠粉をまぶしたような光沢を放つ尻丘は、ひどく苦しげに蠕動している。

抜き取った指を確かめた剛木は、「出血はない」と短く言い、次のボールをつかんだ。

そこからはよどみがなかった。たちまち五個が押し込まれ、悲鳴のトーンが一段高くなる。やがて十個が消えたところで、いったん手が止まった。

下腹部が呼吸のたびに大きく動いている。蹂躙された肛口は出血こそないものの、ひだの一つ一つがふっくらと盛り上がり、ゼリーのぬめりでセピアローズに光っている。

苦痛を測るためか、爪を短く切った男の指がなぞると急に収縮し、また物欲しげにふくらんだ。

「まだ余裕でいけそうだな」

「うう、うう」と聞こえる声は、拒否なのか催促なのかわからないまま、責めが再開された。

二十個が収まったとき、声が止まった。腹部をかばうように背中が丸く盛り上がり、きつく閉じた目尻や眉間にシワがよっている。

声も出せないほど苦しいということなのか、阿多香には判断がつかない。

剛木は大きな手をふくらんだ下腹に当てると、やわやわと揉みしだいた。

「ううん」

子供の甘え声に似た呻きがもれ、腰が揺れる。

「頭を放してやってくれ」

「はい」

自由になった朱緒の上半身はますます丸まり、乳房が床にこすりつけられた。鼻からせわしなく呼吸する様子は、やはり苦しげだ。

「猿轡をはずすか?」と問われると、上気して汗ばんだ顔が男を見上げた。

視線が絡まる数秒間、音もなく空気だけがはりつめる。

責めを受ける裸体の乱れた髪が、それとわからないほどかすかに振られた。

男が口元をゆるめた。

「感じる声を聞かれるのは恥ずかしいか」

では、苦しいのではなくあまりにも感じて声を呑み込んでいたのか。刃先に指をすべらすような鋭く危うい快楽を見せつけられ、処女の全身を熱いものがかけめぐった。

「吊るぞ」

逆らえない支配者の声に、麗人の閉じた目尻から涙が一筋伝う。

すでにうしろ手にくくり上げられていた肢体は、足を開いた形で逆さまに吊り上げられた。

長く伸びた両足には、無駄な脂肪がいっさいない。ほどよく盛り上がった臀部からウエストまでの曲線はあくまでも優美で、縄の間からはみ出した乳房は、そのまま下方へ向きをかえて垂れ下がっている。

熟れた桃のようにほんのり染まった顔はますます苦痛に歪み、絶え間のない呻き声が聞こえてきた。

「足首だけで吊っているからな、そうとうつらいはずだ」

言いながら剛木が手に取ったのは、小さな鈴がたくさんついたクリップだった。

それを両乳首に止めると、喉の奥をふるわせるような音が響いた。

「鋳物の鈴だ。これだけ付いているとけっこうな重さになる」

房になって垂れる鈴は乳首を限界まで引っ張り下げ、頬に触れそうなところで戯れ揺れている。

「大丈夫……なんですか?」

「さあ、どうかな」

笑った男は、苦痛の汗や体液で湿った尻たぶを叩いた。

すすり泣くような高い声が鼻腔からこぼれた。

「どうやらうれしいらしいな」

責め手にしかわからない微妙な調子を聞き分けているのだろう。阿多香は、ただただ当惑するしかない。

しゃがみこんで朱緒の顔をのぞきこんでいた剛木は、立ち上がると幅の広いベルト状の鞭を、かたわらの行李《こうり》から取り出した。よく使い込まれた分厚く柔らかい革の幅は五センチ、長さは七十センチばかりで、振り上げると空中でしなやかにそり返った。

バシンと、濡れ帯で床を叩くような音がした。

鈴がひと鳴りしたかと思うと、逆さ吊りの女体が硬直し、絶叫が放たれた。

一発でかなりの衝撃があったのだろう。双丘が鞭の幅に赤く染まって、痛みの余韻にふるえている。

「腹を揉んでやってくれ」

「は、はい！」

拒もうという気持ちは、すでになくなっていた。この美しい人をもっともっとつらくしてあげたかった。

発掘にいそしんできたわりには少しも荒れていない長い指をそろえて、逆さになった腹部に当てた。

十五個のゴルフボールが入っているはずだが、それほどはっきりとした感触はない。

「もっと強く」と言われて力を込めると、「うう、うう」と必死に拒絶する声が聞こえてきた。

腰と腹に両手のひらを当てて挟み、こねるように動かしてみる。

朱緒は苦しさに泣いていた。

それからは、平鞭と腹部責めが交互になり、三人の体温で織り屋は息苦しいほどになった。

やがて耐えかねたか、充血したアヌスがボールを吐き出した。一つではおさまらず、二個、三個とつづけざまに押し出してくる。

コン、コン、と硬い音をたて床に落ちる粘液まみれのボールを、阿多香は急いで拾い集めた。
七、八個ほど出たところでいったん止まると、剛木は鈴つきのクリップをはずして朱緒をおろし、すべての縄をといた。
手首や腕、足首にくっきりとした縄痕がつき、したたかに打たれた太ももと尻は紫色に変色しかかっている。

長いまつ毛に縁取られた瞳は閉じられ、薄く開いた唇はせわしなく浅い呼吸をくり返していたが、くの字に横たわる肢体は露に濡れた花のように甘く、しどけなかった。

「残りは馬に乗って出すか」

投げ出された腕が、ピクリと動く。眉がゆっくりとひそめられるが、言葉はない。

「馬」がなにを指すのか阿多香にはわからなかったが、次から次へと繰り出される責めに気を抜く暇もない。

息を詰めて見守っていると、長さ一メートルばかりの丸太を半割りにし、丸みのある面に足を四本つけただけの台が運ばれてきた。

丸太の直径は二十センチあまり、全体の高さは八十センチほどもあろうか。

その丸太を抱くようなかっこうで、ぐったりとした朱緒の上体が乗せられると、外側に開いた台の足に足首と太腿がくくりつけられた。

色の変わった双丘や太ももはもとより、その狭間にある、ややゆるんだアヌスがすっかり見えている。

両手を馬台の向こう側の足に縛り付けていた剛木は、立ち上がってくると、尻肉を両手でつかんで思いきり開いた。

「あああっ！」

「どうした。弟子に尻の奥を見られるのは恥ずかしいか」

指を二本そろえてさし込み、容赦なく中をかき回す。

朱緒は頭を上げて叫んでいたが、指が乱暴に抜き取られると、残ったボールが勢いよく吐き出されてきた。

「阿多香、何個出た」

「……十一、十二、十三個です」

助手扱いもかえってうれしく、体温で温まったボールを両手いっぱいに拾う。

「残りは浣腸だ」

「か、かん……ちょう？」

なにやら恐ろしい言葉を聞いたような気がして、小声でくりかえした。

聞き間違いかと剛木を見れば、彼の手にはガラス製の太い注入器具がにぎられ、バケツに汲んできたぬるま湯を吸い上げていく。

粘液で光る肛門のひだは柔らかく盛り上がり、濡れたノズルがふれると瞬時に収縮して先を呑み込んだ。それは、屈辱的な注入を喜んで迎え入れたようにも見えた。

その瞬間、阿多香の体を快美な衝撃が走り抜けた。尾骶骨のあたりにはまぎれもない快楽の痺れがあり、誰にも侵入を許したことのない秘裂が潤っていることは自分でもよくわかっていた。

滴りは、すでにゴルフボール入れのときからはじまっていた。誰にも言えないことだったが、朱緒が責められると共鳴して感じてしまう。それを恥ずかしく思うどころか、感動して歓んでいる自分がいた。

だが、横向きで丸太に頰をつけた美しい顔には、ただの羞恥よりももっと複雑な表情が浮かんでいる。わずかな悲しみや怒りも混じっているような気がして、阿多香はふと心配になった。

朱緒の喜ぶことならなんでもしてやりたいが、傷ついてほしいわけではない。

思い悩むあいだにも注入は進み、すでに三回目の、ということは一リットル以上の液体が腸内にそそぎ込まれている。呻く声もさらに高く大きくなり、正味の堪え難さがにじんでいる。

「あの……」

そんなに入れても大丈夫なのかと尋ねようとしてふと見れば、半ば唇を開いた朱緒の顔には、法悦とでも呼びたくなるようなものが浮かんでいた。

眉は、こらえるためにきつくひそめられているが、目元には筆でひと刷けしたような甘い色合いがある。頰から唇にかけては柔らかくゆるみ、心が苦痛の向こう側に行ってしまったかのようだ。

(ああ……)

阿多香はひそかに熱いため息をこぼした。

ピストンが液体を最後まで押し出してしまうと、ノズルが引き抜かれた。

ゆるんだ肛肉は、数分しかこらえられなかった。

「ああっ、あっ……あああ!」

あきらめと羞恥のこもった声がして入り口が開くと、あてがわれた桶の中にぬるま湯が勢いよく噴き出した。そして残り七個のボールも次々と吐き出されてきた。

次の晩も呼ばれた阿多香は、赤いロウソクを持たされた。

今夜の「奴隷」はうつ伏せで両手足を広げ、台に固定されていた。一昨日、昨日と鞭打たれた紫色の痕が背中から太ももにかけて残っていて痛々しい。

剛木の命令は、そこをめがけて熱いロウを垂らすことだった。

瞬間の灼熱に耐える高い悲鳴と、それにつづくすすり泣きが、すぐに聞こえてきた。なんでもないところよりも熱を持っているのだから、よりいっそうつらいのだろう。

「許して！」

伏せられた頭が上がって叫びが放たれる。

夜だけの「主」は歩み寄ると髪をわしづかみ、限界までアゴをあげさせた。

「これを楽しみに鞭痕をつけたんだ。そう簡単には許さん」

半ば閉じられた瞼が震え、長いまつ毛の端から涙がひとしずくこぼれ落ちる。

それが異端の歓びの涙であることは、阿多香にもよくわかった。なによりも自分自身が、ともに感じていた。

髪から手を離した剛木は、自分もロウソクを手にした。そして朱緒の足元へ行くと、足首をつかんだ。

「やめて！　それはイヤ！　耐えられない！」

矢継ぎ早の懇願にも、容赦はなかった。十センチもないような近さから足裏へロウ涙が落とされる。

織り屋を揺るがすような絶叫が響きわたった。足指は大きく開き、先がかぎ型に曲がっている。

「そんな大声を出したら、初子さんが起きてくるぞ」

からかっておいて、晒し布をわななく唇に押し込む。さらに鼻から下を手ぬぐいで幅広くおおって、きつく縛った。

「阿多香、遠慮なく落とせ」

不敵に笑った男は、再び強い力で華奢な足首をつかむと、足裏に熱ろうを滴らせた。

朱緒の苦しみようは尋常ではなかった。両足裏とも責められ、太ももから上を赤いロウの花で覆い尽くされると、気を失ったように動かなくなった。

台のまわりをゆっくりとひと回りした剛木は、籐笞《とうむち》をとると足裏に振り下ろした。

ぐったりとしていた裸体が瞬時に反り返った。切れ長の目が見開かれ、喉が絶叫で震える。

籐の笞は、ロウの破片を弾き飛ばしながら、何度も振り下ろされた。

両足の裏が綺麗になったとき、朱緒は完全に気を失っていた。

阿多香はめくるめく経験を消化するのに精一杯だった。

この三日間というもの、気持ちが昂り、よく眠れない。疲れているはずなのにそれを感じず、足の間の柔らかな割れ目に自ら指をのばす。性体験がなくても、自分で慰めることは知っていた。そこはたいてい、触れる前からしとどに濡れていて、極めても極めてもきりがなかった。

「はあぁ……」

欲望にこれほど苦しめられたことはなかった。年に数回、思い出したようにさわっていただけの性器が突然目覚め、持ち主の意に反して毎晩暴れまわる。

昼間作業をしていても、ほとんど集中できなかった。夜毎見せつけられる官能に身も心もすっかり侵食されていたのだ。

思いあまって剛木に尋ねた。

「なぜ、先生は私までお呼びになるんでしょう」

普通なら、二人だけの秘め事を他人に見せたくはないはずだ。ましてや、弟子に性的な責めをさせるなど、どう考えても意図がわからなかった。

彼の答えは、相変わらずシンプルだった。

「理由は訊かないことにしている。俺のくだらない人生も、先生に出会って初めて意味のあるものだとわかった。あの人に従い、護るだけだ」

そう言う目には一点の揺るぎもなかった。

第三章　破瓜の儀式

その後二日間は、何事もない普通の日々がすぎた。阿多香はほっとした反面、それはそれでまたいくぶんかの悩ましさがあった。

朱緒の態度は少しも変わらず、かえって仕事に集中しているように見える。

そうこうするうちに週末がやってきた。土曜日の夜は、三ツ屋の当主たちがやってきて神事が行われる「例会」の日だった。

昼食後、阿多香は思いがけないことを告げられた。

「今夜の例会にはあなたも参加しなさい。いいわね」

神が宿るにふさわしい澄みきった瞳にじっと見つめられ、よく考えもせずに、ただ「はい」と答える。

美しい顔に得も言われぬ微笑みが広がり、師は胸元からいつも身に着けている水晶の首掛けをはずした。

「今夜はずっとこれをしていなさい。なにがあっても絶対にはずしてはだめよ」

手ずからかけてくれたそれは、驚くほど透きとおった一尺三寸、つまり約五センチの勾玉で、やわらかく白濁した小粒の水晶でつながれている。胸に滑り込んできた石はまだぬくもりを宿していて、師の温かな庇護を感じた。

例会の前には、いくつかやることがあった。

まず、日が沈んだ直後に裏の泉の水を汲む。それを奥殿に運んで、祭壇の前の水盤に満たす。この四カ月は剛木が一人でやるところを見ているだけだったが、今日は阿多香も手伝った。

祭壇には、朱緒が供え物をしていた。三ツ屋から届いた野菜や果物、粟《あわ》や稗《ひえ》をいっしょに突き込んだ餅、鹿の干し肉などが、瓶子《へいし》に入った酒といっしょに並べられている。

この日、巫女は食事を摂らない。泉に流れ落ちる滝の下に立って身を浄め、身なりを整え、奥殿で三ツ屋の当主たちを待ち受ける。やってくるのは八時と決まっていた。阿多香もそれにならって身を浄めたあと、白麻の帷子《かたびら》を着て奥殿に入った。

十月も初旬をすぎ、風は冷たくなってきていたが、泉の周辺は春のように暖かく、水も思ったほど冷たくはなかった。奥殿も、祭壇の両脇に灯されたロウソクが温かみを感じさせてくれるのか、それとも緊張しているからか、単衣《ひとえ》ものでもそれほど寒さは感じなかった。

朱緒は長い髪をおろして和紙のこよりでひとまとめにし、祭壇の前に座って何か小声で唱えはじめた。白銀の輝きがあたりに広がり、ときおり朱や紺が入り混じる。

すぐ前の経机《きょうづくえ》には、伽羅《きゃら》の香りをくゆらせる香炉と、持ち手の先に金の鈴がたくさんついた神楽鈴《かぐらすず》、蓋つきの白木の箱が置かれていた。

剛木は部屋の隅に正座して控えていた。彼も沐浴し、白い作務衣に着替えていた。

中央に赤い毛氈の敷かれた室内の神気が、徐々に高まっていく。

朱緒の左うしろに正座しながら、阿多香はあらためて自分がここにいる意味を考えはじめた。神事への参加は、性戯の要請よりさらにわけがわからない。

古代遺跡の発掘をしていると、神と共にあった時代へ魂が飛んでいくような気分になることがある。古代人としてその地を歩く姿を想像すると、自然と一体であったはずの当時の人生までもが自分のものになり、すっかり同化してしまうのだ。

現実世界へ戻れば、そこまで真面目に神を信じていたわけではなかったが、それも玖奇石へ来て変わった。

御筒様の社《やしろ》である岩屋の前でつむじ風に取り巻かれたこともちろん理由のひとつだったが、この屋敷を包む空気はあきらかに普通とはちがっていた。

三ツ屋の当主たちがやってくる週末はもとより、先月の秋分に朱緒が岩屋にこもった晩も、尋常ではない厳かな気配がはっきりと感じ取れた。それは清々しい神気というよりも、どちらかといえば重く、ねっとりとした闇の呼気を孕んでいた。

しかしすこしも嫌な感じではなく、かつては誰もが知っていた懐かしい世界のようにも思われた。

人が闇に恐ろしい負のイメージを持つようになったのは、灯りを手に入れて自然から離れるようになったからではないか。まがりなりにも古代にふれたことのある阿多香は、そう思っていた。

半眼で瞑想状態のようになっていた朱緒が、突然神楽鈴を鳴らした。三回鳴らし終わると、外の廊下からどっしりとした低い声がかかった。

「三ツ屋がまかりこしてございます」

もっとも格式の高い、東屋《ひがしや》の山科勘右衛門《やましなかんえもん》だった。すでに到着し、合図があるまで控えていたようだ。

「お入りなさい」

朱緒の凛とした声に応えて扉が開く。そこには勘右衛門を中心に、左側に西屋《にしや》の清水《し》篤正《みずあつまさ》、右側に南屋《みなみや》の戸並一眞《となみかずま》が並んで平伏していた。

ややあって三人は頭をあげ、目を伏せながら中腰で室内へ入ってきた。全員が白の帷子の上に、それぞれ色の違う絹の羽織をまとっている。

もっとも年上なのが勘右衛門で五十八歳。顎の角ばった偉丈夫で、オールバックにした髪は半分白くなっているが、肌には張りがあり老けた印象はどこにもない。熟達した武道家のようだ。多くの不動産を持ち、ビル経営会社の会長をしていた。

東屋では代々「勘右衛門」という名を継ぐしきたりで、三ツ屋のまとめ役であることから、当主は必ず玖奇石に住むことになっていた。

次が篤正で四十三歳。痩せ型の知的な風貌には、主家のためならどんなことでもやりそうな切れ者参謀のおもむきがある。新薬の研究開発に携わっており、ふだんは都心に住んで週末だけ玖奇石へ通ってきていた。

最年少の一眞は二十八歳。父親が三年前に亡くなり、二十五歳で流通関連の会社と家督を引き継いだ。青年社長らしい覇気にあふれた彼は唯一の独身で、会社近くのマンションと玖奇石の屋敷とで半々に暮らしていた。

三人が毛氈の中ほどまで進んで正座すると、朱緒は祝詞をあげはじめた。

香炉の煙が漂うなか、独特の抑揚で神を寿《ことほ》ぐ言葉が詠われると、かすかな振動音が聞こえてきた。見れば経机の前に置かれた水盤が小さく波立ち、まぶしいばかりの金色が散って見える。

（な、なに！　声に共鳴しているってこと？）

驚愕し、いっそう緊張する阿多香の頭の芯がゆらいだ。体をまっすぐに立てていられなくなって、前に手をつく。

勘右衛門が、「さっ、こちらへ」と立ち上がらせてくれるが、支えてもらわなければ歩くこともできないほど、体の自由がきかなかった。なにかとてつもなく大きな力が、熱い空気となって肌を圧迫していた。

やっとのことで毛氈の端へ移動すると、そこへ崩れるように座る。

「今日はご覧になっているだけでよろしい。大変なら、横になっていても構いませんよ」

厚みのある温かな手が楽な姿勢をとるのを助けてくれる。「大丈夫ですかな」と問われるのへようやくうなずく。気づけば、心臓の上あたりにある水晶の勾玉が熱をおびている。

中央では驚いたことに朱緒の帷子がはだけられ、たわわな乳房も無毛の性器もすっかりあらわにされていた。

（こ、これは……これが神事なの！）

羽織を脱いで帷子姿になった三ツ屋の男たちの手が、輝くばかりに白い巫女の体をなでまわしていく。すらりとした長い足は大きく広げられ、やわらかな内腿がつかまれて肉が歪む。高ぶりを見せる顔にはすでに喜悦が浮かび、しかもためらいがなかった。

篤正が懐から七宝焼きの香合《こうごう》を取り出した。細かくした香木を入れておくためのその小さな容器には何か練り薬が入っているらしく、指にとると開いた女唇の奥深く塗りこめた。

「んっ」とかすかに鼻が鳴って、優美な眉がひそめられる。

「あいかわらず、すばらしい感度ですね」

一眞が言えば、勘右衛門も「それでこそ巫女さまだ」と応じる。

篤正は剛木を呼んだ。

「縛ってくれ。型は任せる」

口調に、それと気づかないほどわずかな苦々しさがあった。いくら朱緒が許しても、三ツ屋の男たちは彼の存在を快く思っていないのだろう。

「承知しました」

頭を下げながら答えた顔はいつもどおりで、なんの感情も窺えない。三ツ屋にどう思われようが、朱緒しか見ていない男には関係がないのだ。手に馴染んだ麻縄をかたわらの袋から取り出すと、流麗な動作でさばきはじめた。

やがて、臀部は下についたまま腰からくの字に曲がり、膝と足首を天井の丸太から吊られた形ができあがった。

腕はうしろに拘束されており、腰から天井に伸びた数本の縄が網目状になって上半身を支えている。重い乳房は上下を縄で挟まれ、つかんでくれと言わんばかりに、淫らに飛び出していた。

いっさい隠すことなく開かれた淫部からは、塗り込めた媚薬の効果なのか、中からとめどなく淫液が溢れ出ている。褥《しとね》がわりに敷かれた帷子は、その部分だけすっかり濡れていた。

勘右衛門が、祭壇の前に進み出た。ご神体である鏡に一礼すると、経机の上にある四、五十センチ四方の白木の箱をうやうやしく押し頂き、毛氈の上で蓋をあける。中には、絹布で包まれた奇妙な道具が収まっていた。

「さあ、本日はどれにいたしましょうかな」

少し迷って取り上げたのは、長さ二十センチほどの太い針金を細いU字型に折り曲げたものだった。両端が合わさるほうには束ねる留め金が付いていて、スライドさせていくと輪が狭められる仕組みだ。

縛られた巫女の目の前に持っていくと、「ああっ」と小さな声がこぼれた。

「どうやら喜んでおられるようだ」

三人の男たちが、視線を交わして笑いあう。

勘右衛門と篤正の手で金輪が両乳首にかけられると、朱唇からすすり泣きがもれた。留め金が絞られるほどに珊瑚色の宝珠の根元は次第につぶれ、先端の皮膚が伸びて艶がましていく。限界までくるとU字の幅は五ミリほどになり、絞りあげられた乳頭は楕円にひしゃげて、金具の重みで斜めに傾いた。

「今日はまた、いちだんと艶のいい珊瑚玉ですね」

一眞が言えば、篤正が金具を指先で弾きながら応える。

「弟子に見られているから、特別なんだろう」

「じゃあ遠慮なく責めて、いいところを見せないと」

さっそく先端をつまみ、押しつぶしたりよじったりする。

いつにも増して、高く澄んだ声が響き渡った。

感じやすい部分を引き絞られてむき出しにされ、少しの刺激も倍増するのだろう。天井へ向けられた足指はぎゅっとにぎり込まれ、全身がしっとりと輝いている。縄で動きを封じられていることで、責められる場所に快楽が凝縮されているのか、呻きはすぐに許しを求める言葉になった。

「どうか、もう！　あっ……ああ、許して！」

しかし、三ツ屋の男たちに手加減はなかった。

勘右衛門は、道具箱から白瑪瑙で作られた張形を取り上げた。乳白色の地に赤い縞が一本斜めに巻きついた美しい道具だ。濡れそぼる股間へ挿し入れると、快楽の叫びとともに縄が大きく軋んだ。

「おお、良い締まりだ。中が咥えて放さない。さあ、今夜は念入りに耕しますかな」

角度を変えて抜き差ししながら、じっくりと広げていく。

胸と秘部を一度に責められた朱緒は頭をふって叫ぶが、背後にまわった篤正がその口を手ぬぐいで抑えた。

苦しげに上を向く鼻を、真っ白な手ぬぐいがときどきわざとふさぐ。そのたびに哀願する瞳が、すがるように責め手を見上げる。

「ダメですよ。もっと苦しんで気をためないと」

微笑む顔に、冷徹な色が浮かんだ。学者の長い指は細い顎をしっかりととらえ、わずかな抵抗も許さない。

息を止められ、奥を執拗に突かれると、縄と男たちにとらわれた全身が硬直した。乳頭からは甘い粘液がしみ出てますます充血し、腫れ上がる。

制限された呻き声の間隔はしだいに狭くなり、切羽詰まった様子が色濃くにじみはじめた。

すると、振動していた水盤の水が激しく波立った。

朱緒が大きく喉を震わせ、こめかみの血管がふくらんだとたん、強い光が飛び込んできた。それは、祭壇に置かれた鏡から放たれたように見えた。

光に打たれた巫女の首がゆっくりと横へ傾いてゆく。

「おいでになったようだ」

勘右衛門が言う。

神前での性行為など冒瀆ではないのかと思っていた阿多香は、さきほどよりももっと強いめまいを感じ、倒れこんだ。

目の前では責め道具が外され、縄が解かれてゆく。半眼になった朱緒は、雨に散った花びらのように四肢を投げ出して横たわっていた。

三ツ屋の男たちが顔を見合わせ、ひとつうなずいた。

最初に前へ出たのは一眞だった。前合わせをサッとはね上げると、日に焼けて引き締まった筋肉質の足と、亀頭が反り返った元気な一物が現れる。濃く充血し、猛々しさがそのまま若さを示しているかのようだ。

膝を進め、責めに溶けた肉の裂け目に突き立てる。

絶頂後の放心状態にあった巫女の唇が開き、息を吸い込んだ。

腰をひねるようにして押し入ったその瞬間、パッと真紅の粉末が飛び散ったように、阿多香には見えた。

貫かれた朱緒は、これまで見たこともない表情をしていた。

羞恥や甘えのない、深く陶酔しきった様子には、ほとんど感情が伺えない。あまりの責めにどうかしてしまったのか、自分からもどかしそうに腰を突き上げ、ただひたすら快楽を貪っている。

真紅の飛沫も錯覚かと思ったが、そうではなかった。なんど見直しても、女体の昂りに合わせてますます拡散し、やがて金色が混じりはじめた。

それが男たちをおいつくすころには、場の温度も気圧も確実に上がって、あたりは息苦しいほどになった。太い熱の帯がうねるように室内をめぐっている。

いかせようとする男と、最大限の享楽を得るために力をためる女の攻防がつづく。

休まず突き上げながらも、片手で腰を抱いた一眞は体勢を変え、己の胡坐に相手を抱え入れた。

ゆるい正座で下から突かれる格好になった巫女は、刺激の強さにあえいで上を向く。終盤が近づいていることは、赤らんだ目元からもわかった。

一眞の速度が上がった。短い前髪が汗に濡れた額の上で激しく踊る。

「ああ……あ、もうっ！」

白い腕が狂おしく男の頭を掻き抱いたかと思うと、ついに悦びの声がほとばしった。ハの字になった膝から下が、渾身の力で引き絞られる。ガクンガクンと腰が前後し、双丘のやわ肉が震えた。金赤の熱のうねりがあたりに大きく渦巻く。

震えがおさまるまでしっかりと抱き合っていた二つの体が離れると、次は篤正だった。

彼は崩れ落ちた朱緒の下腹に腕をまわすと、四つん這いの形を取らせた。

前合わせの奥から現れたものは、細身だが三十センチ近くある長物だった。それはまさに鋼のように硬く伸び、あふれ出る愛液を押し戻すように淫らな穴を塞いだ。

今度は白銀の飛沫があたりに散った。冬の夜を照らす、冷たく冴えた三日月のような輝きだ。

ようやくのことで身を支えていた巫女がぞくりと震え、背中を反り返えらせた。あの長さをほとんど呑み込んだ苦しさに眉をひそめ、唇を開く。

男身は、ゆっくりと焦らすように奥をこねた。

「うう……はあっ……あ、うっ！」

夢中になって腰を振った一眞のときとはちがって、毛氈に爪を立てて耐えている。あれだけの長いものを受け入れたら、子宮口に完全に届いているはずだ。強く突かれたらきっと痛みもあるだろう。経験もないのに、阿多香は自分までそれを味わっているような気分になった。

もとより、股間はとうに濡れ、太腿のあたりまでしみ出してきている。快楽と苦痛の狭間で呻吟する朱緒の姿を見ているだけで、背筋が痺れた。これ以上は耐えられそうになかった。

震える息をそっと吐いて、昂った涙がこみ上げる顔を背けると、誰かが肩を抱いて支えてくれた。振り返ってみると、一眞だった。

「つらかったら、俺によりかかっているといい」

抱き取られた胸は汗で湿っていたが、帷子からは伽羅が香った。くっきりとした眉の精悍な顔がすぐ近くにある。

感じていることを隠そうとして、阿多香は身を固くした。

すると、クスリと小さく笑われた。

「楽にして。ここは楽しむ場なんだから」

「えっ？」と聞き返すより早く裾を割られ、淫らな粘液に濡れた腿をあらわにされた。

「ああ！」

慌てて閉じようとするが、男の力にはかなわない。

阿多香は困惑した。朱緒からはなにも聞かされていない。ただ、参加しろと言われているだけだが、その意味がどこまでのものなのか判断がつかない。

だが、初めての経験をここでしたくはなかった。心はなんの準備もしていない。

助けを求めて、部屋の隅に控えている剛木を見ると、すぐに気づいて近寄ってきてくれた。

だが、彼が話しかけたのは一眞のほうだった。

「縛りましょうか？」

驚いて二人の男を交互に見ると、一眞は「いや、いい」と首を振った。

「あの！」

「大丈夫。君の許可なく進めたりはしないよ」

乱れた裾が直され、背中から抱きしめられる。腰に当たる熱い塊を感じながら、阿多香は淡い緑の気に包まれるのを感じた。

「神事をよく見ているといい」

「これは神事なんですか？」

「そうさ。これこそが神事だよ」

朱緒は仰臥して、勘右衛門を受け入れていた。

大木の古びた根を思わせるどっしりとした腰が、しなやかな柳肢の間をゆっくりと突き上げる。あたりには金粉の混じった青色の光が揺らめいていた。

(今度は……群青色)

ほんの少しの時間でも、勘右衛門が穏やかで懐の深い人物であるのは阿多香にもわかった。群青色は青の中でも温かみのある明るさを持っている。

もっと注意深く観察してみると、色そのものが揺らめくというより、熱の動きが色に置き換えられているのだ。阿多香にはそう見えた。

熱というのはエネルギーのことだ。男性たちのうねりや圧力もそうとうなものだったが、朱緒のそれとは比べものにならない。部屋いっぱいに満ち溢れ、ときには目もくらむばかりに光り輝く。刺激を与えているのは男たちだったが、朱緒からもお返しのように熱が流れ込みエネルギーが循環していた。

普通の感覚しか持たない人間にはとても耐えられない高密度の空間だった。まさに神の仕業としか言いようがない。

(だから先生は水晶のお守りを離さないようにと……)

水晶の勾玉を身に着けていなかったら、阿多香はここにとどまっていられなかっただろう。よくて失神。下手をすれば心身に異常をきたしていたかもしれない。

「先生」

師の心づかいが身にしみて、勾玉を帷子の上からにぎりしめる。一眞にも伝わったのか、抱きしめる力がすこし強くなった。

「美しいだろ?」

「はい」

勘右衛門の肩に片足をかつぎあげられた朱緒は、今夜四度目の絶頂をむかえたところだった。

じっとしていても汗ばむほどだった室内の温度はますます上がり、極彩色の霞状の気が室内を満たしていた。

阿多香は朱緒の強い絶頂のエネルギーを浴びて、頭の中が沸騰したように感じた。それはもはや限度を超えていて、はじき出されるように真っ白な空間へと飛ばされた。

それからの記憶は定かではない。気がついたときはすべてが終わっていて、神棚の正面から外れた部屋の隅の布団に寝かされていた。

衣服を整えた三ツ屋の男たちは、程よい距離を置きながら、目覚めた阿多香を覗き込んだ。朱緒と剛木の姿は見えない。

「気がついたかな」

最初に声をかけてくれたのは勘右衛門だった。

「はい」と答えたつもりが、かすれた息のような音になる。どうしていいかわからず、首を少し動かすと、篤正が微笑んだ。

「しばらく休んでいるといい。朱緒さんも、もうすぐ湯殿から戻ってくるだろう」

姿が見えないのは身体を洗いに行ったのかと納得し、わずかにうなずいた。

「そのあいだに」と勘右衛門が切り出し、改めて居住まいを正す。

「この玖奇石と御土来家について、少し話しておきましょうかな」

それは神聖なる起源の物語だった。

神事に性的な力を用いることは、紀元前から世界各地で行われていた。女性が生命を生み出す力は神の御業《みわざ》に等しいものであり、結合の快楽は神のもたらす法悦そのものだった。男性は、女神の化身とも言える女性と結ばれることによって神の力を授かり、宇宙と一体化するというのが性交のもうひとつの目的だったのである。

勘右衛門の概説を補足するように、西屋の篤正が発言した。

「男女の性エネルギーを利用して魂を覚醒させる方法はタントラと呼ばれる。男女の神が交わっている壁画やレリーフを、君も見たことがあるだろう」

双身の交合像は「ヤブユム」と言われ、阿多香も実物を見たことがあった。

勘右衛門の説明がつづく。

「遣唐使が廃止され国風文化が育ちはじめたころに、一人の女官が神から啓示を受けた。住んでいた地名から御土来の巫女と呼ばれるようになった彼女は、神が我が身をお使いになり奇跡を起こされたと、周囲の者に語った」

その奇蹟とは神産みで、人の身である巫女の体内に神の男根が入り、光り輝く新しい神がお生まれになったという。

「もとより目に見える存在ではないから、周囲の者もただ驚くばかりだったが、それから巫女は強い霊力を発揮しはじめた。災難を予言するばかりか、それを消滅させ、病を得たものは百人が百人治癒した。神の力をお借りして原因となるものを取り除くのだというが、庶民にはなにをどうするのかわかるはずもない。しかし大変なご利益があるというので、信者があふれかえった」

やがて噂は朝廷にも伝わるが、災難を取り除く力は逆に警戒心を持たれてしまう。運命を捻じ曲げるような力を持つ者がその気になれば、帝のお命さえ自由にできる。危険だというので処刑を進言する臣下に、帝は静かに述べられた。

「大事ない。その巫女なれば昨夜魂を飛ばし来て朕の枕辺に立った。世を乱す恐れはない。捨て置け」

納得のいかない者もいたが、帝の言葉には逆らえない。その場は沙汰無しとなったものの、目障りに感じた時の関白の画策によって結局都を追われることになった。争いを好まなかった「御土来の巫女」は抵抗せず、縁者・信者とともに故地を捨て、神の御告げによって玖奇石へ移り住んだのである。

「しかし、これによってかえって評判は高まり、都では関白の目を気にしていた貴族たちも、遠路はるばる使いをよこすようになった。初代は飛魂術を用いて依頼者の枕辺に立ち、直接見立てを告げたから、その名は不動のものとなったのだよ」

あまりにも現実から遠い話ばかりで、阿多香は理解するために頭の中でしばらく反芻しなければならなかった。

篤正が再び口を開いた。

「一般的なタントラと少し違うのは、巫女が交わるのは信者ではなく神だという点だ。神の力を巫女の体を通じて信者に授けるという形ではなく、巫女自身の力を高め、それを信者の為に使うというやり方だ」

神が直接巫女と交わる場合と、三ツ屋の男たちの体を通じて女体を味わう場合があるという。前者では神のエネルギーが巫女に与えられ、後者では肉体の交わりでしか得られない純化された女性のエネルギーが神々へ捧げられる。

「性エネルギー」というのは人間側の言い方であり、神々にとっては人間の持つもっとも神に近いエネルギーだということでしかない。やり方はどうでもいいのだ。

「初代の神産みとは、これの強力なものではなかったかと考えられている。いずれにせよ、巫女の性的な力が強くないと、受けることも産むこともできない。並みの人間は精神が崩壊したり記憶を失って動けなくなったりする。神聖なる交合のためには身の浄化と、性エネルギーひいては神エネルギーを高い状態に保つための訓練が必要不可欠だ。三ツ屋との神事はそのためにある」

本来は後継者に定められた巫女が五歳になる年からはじめられるのだが、朱緒の場合は母親が亡くなった十四歳のときからで、途中からは緊縛の腕を買われて剛木も加わるようになったことなどを、彼は説明した。

遅い巫女修行であったにもかかわらず、朱緒の力は歴代随一とも言われるほど強く、その預言はことごとく当たり、相談に来る政治家や企業の経営者などがあとをたたない。

「三代の巫女様たちを見てきたが」と、勘右衛門は前置きをした。

「当代が最も力強く、安定している。それは三ツ屋以外の血が入ったからだと認めざるを得ない。部外者を神事に参加させることも、結果的には正しかった。あまりにも長く閉ざされた世界にいて、我々は衰えに気づけなかった」

特に残念がる様子もなく、事実として淡々と告げたところへ朱緒が戻ってきた。洗い髪をひとまとめにし、新しい帷子に着替えたうしろには剛木を従えている。

あわてて起き上がった阿多香の正面に座った朱緒は、湯上りのさっぱりとした匂いをまといながら、まっすぐな視線を注いできた。

「あなたにも巫女の力があるのよ」

「えっ」

「これからは直径の子孫でなくとも、一族のうちで力のあるものがこの家を継いでいけばいいと思っているの。弟子入りを許したのは、その力を感じたから。あなたはきっといい巫女になれる」

家の制度を根底から覆すような言葉だったが、男たちは誰も驚かない。この件はすでに承認済みのことらしかった。

一度も発言していなかった南屋の一眞が言った。

「外から来た人には、御土来の巫女の存続がなぜ必要なのかいまいちピンとこないと思うけど、それはおいおいわかってくるよ。この村だけの問題じゃないんだ」

三ツ屋の中で、最も新鮮な現代感覚を持っているはずの若者が言う言葉には、強い説得力があった。少なくとも、世間一般の常識では測りきれないことがここでは起きているのだ。

連綿と続く大きな時の流れを肌で感じ、阿多香はぞくりを身を震わせる。

朱緒がさらに言葉を重ねた。

「染織の仕事と並行して、巫女の修行もはじめなさい。あなたはそういう運命を背負って生まれてきているのよ」

底知れない深い瞳で見つめられると、迷うことこそは罪だという気にさせられる。

そしてなによりも、朱緒自身に強く惹かれている自分に気づいた。

三ツ屋の男たちの巧みな性戯に翻弄され、乱れ狂う朱緒はたとえようもなく美しかった。剛木に責められているときとはまたちがう、いっそう神々しい姿に心を揺さぶられた。

あの日、どんなに作品に魅せられたとしても、作者が朱緒でなかったたらなら、ここまで思いきった行動は取れなかっただろう。初めて会ったあの瞬間から、この人に導かれていたのだと、阿多香は悟った。

居住まいを正し、両手を前につくと、「よろしくお願いします」と頭を下げた。

「やっと本当の意味で私の弟子になったわね」

師の微笑みを感じて顔をあげると、顎の下に指を当てられた。

「修行を始めるための儀式をしましょう」

「えっ？」

聞き返すと同時に、うしろから両腕をつかまれた。

「あの！」

驚く暇もなく、抱き込まれたのは、またしても一眞の胸だった。

篤正に膝をとられてくずされ、裾を割られる。足を持ち上げられて太ももの裏側を押さえ込まれると、もう身動きできなかった。

「先生！」

不安を抑えきれず、叫ぶ。しかし動きを止める者はいなかった。

まだ誰にも踏み込まれたことのない清らかな秘部があらわにされた。奥からにじみ出る粘液が、透明感のある薄紅色のひだに絡みついている。

勘右衛門が、水の入った桶と懐紙に包んだ道具を持ってきた。柘植の柄がついた和式の剃刀だ。手入れのよい厚手の鋼が鋭く光っている。

一眞と篤正は両脇に移動して、阿多香の足をそれぞれ抱え上げた。

尻の下に厚く折りたたまれた布が敷かれ、ぬめりのある液体がひだのまわりに塗られると、なにをされるかがわかって思わず腰が跳ねた。

「先生、先生！」

涙まじりにその名を呼ぶと、朱緒のひんやりした手が頰や額をなでてくれた。

「じっとして。これからあなたの穢れない体を御筒様に捧げるのよ。そのための準備なの」

言われて得体の知れない恐怖がわき上がる。しかし、くりかえし撫でられているうちに落ち着いてきた。「傷つけられるわけではない」という確信が、心にしみ入ってきたのだ。

その様子を見ていた勘右衛門が、おもむろに一礼した。

「それでは、はじめさせていただきます」

当てられた刃は、ジンとした冷たさを持って陰核の上をすべった。

思わず息を呑む。震えそうになる体は二人の男たちにしっかりと抑え込まれ、ただ汗だけが浮き上がる。

されていることの倒錯性と羞恥に、どうしても息が荒くなった。

「すごいな、どんどん濡れてきた」

やや興奮した一眞の声に、篤正もおさえぎみの声で応える。

「確かに逸材だな」

勘右衛門は無言で、なめらかに剃刀をあやつっている。そして柔肌を一度も傷つけることなく、すべての陰毛を剃り落とした。

「終わりました」

再び一礼して退くと、ひだを囲む淡いローズ色の肉の盛り上がりがすっかりあらわになった。

まだ足をおろすことは許されず、その場の全員に見つめられ、阿多香は取り乱した。

とてつもなく恥ずかしいのに、これから新しい世界が開けることへの昂りもある。しかし同時に、もう元の自分には戻れないのだと思うと、なにかを乗り越えてしまったことの重みに涙がこみ上げた。

朱緒がいい匂いのする香油を秘部に垂らし、手で優しく塗り広げた。

「せ、先生！」

喘ぎそうになるのを必死にこらえて叫ぶ。信じられないほどの快感だった。

「このくらいで良さそうね」

言葉を合図に、阿多香を抑えていた男たちも手を離した。

「立ちなさい。御筒様の前で入門のご挨拶をするのよ」

「は、はい」

震える声で返事をし、やっとの思いで自分を立て直す。裾をなおし、あまり力の入らない足で立ち上がると、師について祭壇の正面まで行った。

赤い毛氈は片づけられていて、畳表の縁に金襴を縫いつけた拝敷《はいしき》が敷かれている。うながされて座ろうとすると、「四つん這いよ」とたしなめられた。

「お尻を正面に向けて、高く上げるのよ」

「えっ！」

恥ずかしさですぐには従えない。しかしその場の全員にじっと見守られ、ついに言われたとおりの姿勢をとった。下半身すべてが、神への捧げものになった格好だ。

香炉から立ち上る薫香のなか、朱緒が低い声でなにかを唱えはじめた。

また水盤の水が波立ちはじめ、空気がかすかに振動する。羞恥や不安が徐々に消えていき、頭がもうろうとしはじめる。体の力も抜け、あともうすこしで立てていた膝がくずれようというそのとき、臀部をおおっていた帷子がふわりとめくれ上がった。

次の瞬間、体の中心を大きなエネルギーが貫いた。

「ああっ！」

なにか太々としたものが、圧力を伴って阿多香の膣をいっぱいに満たしていた。開かれた痛みと相反するように奥は疼き、新たな潤いが生まれる。閉じた目の奥で光が乱舞していた。

生まれて初めての愉悦に、彼女は大きくあえいだ。とてつもない快感が背骨を貫き、頭頂まで抜けていった。

そこから先は、もはや獣のようだった。あえぎ、叫び、悶え狂った。

丸く開いて空洞を見せる股間からは白濁した粘液が絶え間なく伝い落ち、拝敷にこすりつけられる帷子の音が、シンとした空間に生々しく響く。髪は汗にまみれ、恍惚にむせぶ顔にはりついていたが、それを払う余裕もない。

動いているものは阿多香一人で、ほかの人間たちは神との交わりを畏《かしこ》まって見守っている。

やがて、仰向けになって両足を高くあげた体が弓なりにそった。

息を止めたまま一分以上硬直する。

窒息寸前のところでようやく弛緩すると、祭壇のロウソクがフッと消えた。

それが、神の去った合図だった。

第四章　見習い巫女調教

翌日の日曜日からはじまったのは、修行のイメージからは程遠い、淫らで秘めやかなものだった。

染色に使う作業台の上に全裸で座り、両足を持ち上げた阿多香の陰唇を、朱緒が優美な指でつまむ。性的な経験がまったくなかった者にとっては、正気ではいられないような行為だ。

今夜の師はいつもの和装とちがって膝までのガウンをまとい、長い髪を下ろしていた。濃い紫のサテンの光沢が華やかな雰囲気を醸し出し、ひどくなまめかしい。

身長一六五センチで細身のため、洋装もよく似合う。一六〇センチに満たない阿多香はただひたすら憧れた。

「あなたのここは、大きくて本物の蘭のようね。蜜もたっぷりだわ」

あたたかな秘裂からの滴りは、ステンレスの表面に水たまりを作っていた。

最初は息を詰め、はしたない声は出すまいとこらえていた。だが、美しい人にじっと見られているというだけで、身も心も昂ってしまう。そのうえ微妙な力加減で触れられると、たちまち疼きが大きくなった。

「うっ……」

眉をひそめて唇を噛むと、無駄な抵抗を咎めるように、冷たい指がするりと入り込んできた。神の次に阿多香が迎えたのは師の指だった。

「ああ！」

「そうよ。素直になりなさい。自分の体がどれほど感じるか、これからじっくりと教えてあげる」

柔らかい肉の内部でゆっくりと動く指に、思わず体がのけぞった。同性の手でこれほどまでに感じてしまう自分が恥ずかしくてたまらなかった。

「いい子ね」

微笑しながら言うその声を聞いて、またさらに昂る。

「お願いです！　どうかもう足を閉じさせてください！」

「ダメよ。まだはじまったばかりじゃないの。最初は、そうね……これがいいわ」

かたわらに用意された竹の箕《み》から取り上げられたのは、手の親指よりひと回り太い長さ五センチほどの石だった。砂色の地に煉瓦色の帯が巻きついたような縞模様があり、ラグビーボールのように両端が細くなっている。ちょうど手のひらににぎり込めるサイズだ。

「目覚め石よ。これを入れておくと、いつもしたくてたまらない体になるの」

「ああ、そんな……」

そんなものは入れないでくださいと言おうとした唇は、すぐに入ってきた石の感触におののき震えた。なんの抵抗もなく入り込んだそれは、狭い入り口を越えて、子宮の手前の広い空間へおさまった。

「くっ、うう……」

一瞬の冷たさのあとに、なんとも言えない違和感がわき起こった。神との交合にはなかった現実の質感を、中の粘膜がしっかりととらえる。

「この石はね、女の蜜を吸って震えるの……生きているのよ」

最後はささやき声で言った朱緒は、阿多香の膝頭に両手をおくと、ゆっくりと閉じさせた。

それを待っていたかのように、控えていた剛木が歩み寄ってきた。

り上げた。

軽くうなずいた男は、太ももを閉じた状態で二箇所縛り、続いてふくらはぎと足首も縛った。そして不自由になった女体を作業台から軽々と降ろし、両手首を高々と吊り上げた。

中から命の輝きがあふれてくるような、若々しい肉体がさらされた。

張りのある乳房は丸く豊かに盛り上がり、桃の花蕾に似た乳首はやや上を向いている。くびれた胴とよく張った腰のバランスが素晴らしく、そこからすらりと伸びた両足は野生の美しい子鹿を思わせた。

「思った以上ね。楽しみだわ」

「せ、先生……」

なにをされるのかと、問いたい気持ちを押し殺す。どういう自分にならなければならないかは、わかっているつもりだった。だが、怖い。

先の細い朱緒の指が、阿多香の乳首に触れた。

「ああっ！」

全身が大きく震え、腰がくの字に曲がって手首に体重がかかる。食い込む縄に顔をしかめると、楽しそうな顔でたしなめられた。

「吊ってちょうだい」

「ほらほら、動くと怪我をするわよ」

「は、はいっ！」

返事はしたものの、指の愛撫は巧みで執拗だった。

胸から脇腹、下腹部、そしてまた胸、首筋……。上半身のあらゆるところを羽のようになで、背中や臀部までくまなく触れていく。

これまでなんの経験もなかった身にはどれもが刺激的で、とてもじっとしていることなどできなかった。途中からは縄をつかんで手首の痛みを逃がしたが、気休めにしかならなかった。

息が上がる。汗ばんだ体が恥ずかしい。感じる自分を見せることは、想像以上に羞恥心をかきたてた。

「あなたのいいところは、だいたいわかったわ」

朱緒は、頬に優しく片手を添えると、唇を重ねてきた。

（キ、キス！）

動転し、目を見開いたままの阿多香を見つめるその顔は、夜の闇のような妖しい微笑みを浮かべていた。

「どう？　目覚め石がそろそろ温まってきたんじゃない？」

言われるまでもなかった。入れられた瞬間から感じていた違和感は、いまやはっきりとした疼きに変わり、足を閉じたままでいるのがもどかしい。

「いい感じのようね」

「な、縄を……ほどいてください」

やっとそれだけ言うと、「まだまだこれからよ」と、頬を軽く叩かれた。

ガウンの胸元からは豊満な胸の谷間が見え、あたたかな肌の香りが立ちのぼる。袖口から伸びた白い手が取ったのは、乗馬鞭だった。

最初に振り下ろされたのは、剃りあとも初々しい恥丘だった。パシンと澄んだ音と同時に、阿多香の初めての悲鳴が響きわたった。

三本の線によってくっきりと分けられたデルタに、鮮やかな赤い痕が浮かび上がる。

確かに痛いはずなのだが、なにかそれだけではない感覚が生まれた。

石が中で動いた。

「あ、あっ……」

動きにつれて膣壁がざわめく。そして、いっそう石を締めつける。

次の瞬間、大きな快感の柱が突然立ち上がり、体の中心を一気に貫いた。

「あああー！」

なにが起きたのかわからないまま、絶頂の波に腰を揺らす。閉じられた足の間からはサラサラとした液体があふれ伝い、足首の縄が濡れて色が濃くなった。

「すごいわ。たった一打ちで潮を吹くなんて」

いつも冷静な朱緒が、めずらしく感嘆する。

その後もつづけざまに振られる鞭に若い肉体は叫び、悦楽の高みに昇ったまま揺れつづけた。

恥丘がすっかり赤く染まると、次は背中だった。

「あなたのいいところはわかった」と言ったとおり、朱緒の鞭は狙いを外さなかった。痛いのになぜこれほどまでに感じてしまうのかわけがわからないまま、阿多香は身をくねらせた。

絶頂の余韻は、またすぐに頂点へ駆け昇れるほど高い位置を保っている。

目覚め石は、あきらかに振動していた。大きな動きではないのだが、微細な振動が快楽の種を作り、そこへ粘膜がしがみついていく。

力のこもった一撃が双丘の上部を襲った。

「あっ、あっ、あっ、あああー!」

腰がなんども前に突き出される。そのたびに臀部全体がギュッとしまり、ますます悦びの波が押し寄せる。

あまりの悦楽に涙がこぼれた。なにかをとりつくろったり、恥ずかしがったりする感覚は遠く去り、ただただ感じる肉体だけがそこにあった。

閉じられない口から、淡い紅色の舌が迷い出て、ゆっくりと動く。

朱緒はそれをつまむと、唇を近づけ、軽く歯を立てた。

「んん……」

現《うつつ》を失ったことを証明するように、とろりとした甘い鼻声がこぼれる。そのまま舌が深く絡み合うと、阿多香は焦点の合わない半眼になって可愛い声をあげつづけた。

足の縄を解かれ、M字に縛りなおされると、ますます赤みをました大きめの陰唇が、ぬらぬらと光りながら淫らにふくれ、肛門まで届くほど肥大しているのが見えた。

ひとことも発しなかった剛木が「すごいな」と感心したほど、快楽の花園は鮮やかに咲き誇っていた。

「なにかお仕置きをしたくなったわ」

すっかり意地悪な責め手となった朱緒は、竹箕から赤いロウソクを取り上げた。剛木がすかさず紙のシートを下に広げる。

「気持ちのいい夢からまだ覚めないのね。いいのよ、そのままそこにいなさい」

思考の止まった阿多香は、よくわからないまま幼子のようにコクリとうなずく。

火の点けられたロウソクが傾けられ、突き出た陰唇の先に垂らされた。

見えてはいても、それがどういうことなのか理解できないでいた頭がいっきに覚めた。

甲高い悲鳴が作業場いっぱいに響き渡る。どんなに叫んでも熱ロウの洗礼を受けた部分がジンジンと痛む。

灼熱のしずくは次々に落とされ、みだらな肉襞の先端からは赤いロウが鍾乳石のようにたれ下がった。そして、本物の鍾乳石の先から地下水がしたたり落ちるように、透明な粘液が長く糸を引いて伝い落ちた。

「なんて可愛い子なの」

指に粘液を絡めながらロウをはぎ取った朱緒は、ため息まじりにそう言い、剛木を振り返った。

「もっとお仕置きしたほうがよさそうね」

「そうですね。遠慮なさる必要はないかと」

「じゃあ、M字のままそこへ寝かせて」

苦痛に呻きながら聞いていた阿多香は、鋭く息を吸い込んだ。

「どうか、お許しください！」

訴える間も、剛木の手は止まらず、吊っていた縄が緩められると作業台の上に移された。そして、うしろにまわして縛られた腕の下へやわらかい枕があてがわれると、仰向けに倒され、起き上がれないよう固定されてしまった。

枕のおかげで腕は痛くなかったが、襲い来る恐怖に涙があふれた。

「イヤぁ、怖いぃぃ！」

パニックを起こしかけて泣きじゃくる顔を、朱緒が両手で優しく包んだ。

「大丈夫よ。あなたの体は悦んでいる。頭で考えるのをやめて、体にまかせなさい」

「せ、先生……」

「私を信じて」

そっと触れてきた唇を、阿多香は目を閉じて受けた。その優しい口づけだけで、心がゆっくりと凪《な》いでいくのがわかる。

しかし、拘束された足のあいだでラビアが開かれ、ロウソクに火が灯されると、再び震えを止めることができなくなった。

「ああ、あ……いや、あっ！」

覚悟の決まらないあえぎをおさえ込むように、高い位置から最初の一滴が落とされた。

その瞬間、すべての悲鳴を凌駕する絶叫が放たれた。

開かれた陰唇の赤い涙液が冷えてかたまる前に、次が落とされる。胸が反り返り、首筋が硬く張って、全身が熱くなっているのがわかる。

どんなに熱いと訴えようが、泣いて許しを乞おうが、熱ロウ責めは淡々とつづけられた。

やがて、逃れられない絶望感と、性器を開かれている恥ずかしさが苦痛と混ざり合い、かつてない予感が下腹部に生まれた。吊られて恥丘を打たれたときとはスケールの違う大きな絶頂の予兆だ。

（ウソっ！）

とまどううちに予兆は確信へと変わった。

（ああ、ダメ！　イキそう！）

ぎゅっと目を閉じたところで、あろうことか朱緒がロウソクの先端を引き上げた。

「どう？　熱くて苦しいだけじゃないでしょ？　ここ……」

そういってピンと軽く弾いたのは、真っ赤なロウに覆われたクリトリスだった。

「ああっー！」

ロウがはがれ落ちて、充血した大きな肉芽がむき出しになる。イク寸前だった核心部分への強い刺激は、かけられた縄を大きくきしませた。

内部も強く引き絞られ、愛液がたっぷりとあふれ出す。同時に石の入っている部分から蠕動が起こって、腰が痙攣しはじめた。

「ああっ、あ……あ、イ、イキます！　イッてしまう！」

叫ぶ声に合わせ、再び熱涙が落とされた。しばらくロウソクを立てたままでいたため、一滴の量がこれまでの三倍ほどもあった。

甲高い歓喜の声とともに、固定された腰がせいいっぱいの角度で持ち上がった。阿多香はもはや、熱いのか痛いのか気持ちいいのかわからなかった。恐怖を感じるほどの大きなエネルギーが下腹部から湧き上がり、背骨を抜けて全身へと広がっていった。

そしてその波が去ると、自分では唇すら動かせなくなった。

目尻からこめかみへと涙が伝う。音は聞こえても、目は開くことができない。縄の食い込みだけがまざまざと感じられ、自分が一個の物体になったような気がした。

ふと温かさを感じた。朱緒が覆いかぶさってきたのだ。

絹のガウンは脱ぎ捨てられていて、乳房と乳房が重なり合う。頭をかきいだくようにして、抱きしめられた。

「あなたの内部が目覚めたわね」

耳元でささやかれたその言葉は、甘美な呪文のようだった。鎮《しず》まったばかりの石が、また少し震えた。

「あっ」

重かった唇がようやく開いて、かすかな吐息をこぼす。

「まだはじまったばかりよ。たくさんの新しい自分に出会いなさい」

「……はい」

その返事が、朱緒に聞こえたかどうか、阿多香にはわからなかった。乳首をつままれ、深いキスを仕掛けられ、再び向こう側へ行ってしまったからだ。

ロウをはがされたあとに舌を這わされ、クリトリスを吸い上げられると、石が呼応するように振動し、なんどもなんども高みへ登りつめた。

最後は剛木に風呂まで運ばれて体を洗われ、ぼんやりしたまま自室へ戻った。そばに朱緒がいてくれたような気もするが、よく覚えていない。

目覚めたのは、翌日の昼だった。

あわてて起き上がると、枕元に朝食とメモがあった。

今日の仕事は休みなさい　朱緒

師匠の美しい筆字だった。

しかし、そう言われても半人前の弟子の分際で一日寝ているわけにもいかない。無理に立とうとすると、めまいがして手をついてしまった。

三ツ屋との儀式の翌日から修行がはまり、体を休める時間も考える余裕もなかった。頭の芯が重い。腰にも鈍痛がある。まるで生理前のようだ。

寝間着用の浴衣の袖や合わせ目から、縄痕がうっすら残る手足が見える。長い時間M字で開かれていたため、太ももの付け根や膝裏にも、すこし違和感がある。

だが、それはけっして嫌な感覚ではなかった。むしろ、甘い背徳感に、体中がとろけた。

いまはもう取り出されてしまった「目覚め石」の感触が恋しい。またあれを入れられ、愛撫されたり責められたりしたらどんなにいいだろうと、つい想像してしまう。

苦痛を与えられて感じる人種がいることを知ってはいても、まさか自分がこれほどまでだとは思ってもいなかった。

布団の上に座りなおした阿多香は、自分がこの世の基準から大きく外れてしまったことを思い知った。

剛木に責められている朱緒を見たとき、それをおかしなことだとは感じなかった。神々しいまでに美しい人は、ほかのことも特別なのだと素直に思ってしまった。

だが、自分は平凡な女だ。「巫女の力がある」と言われてもピンとこない。このまま修行を続けてもいいのかどうか、迷う気持ちがないわけではないが、「先生に責められたい」というのもまた本心だった。

阿多香は自分をぎゅっと抱きしめた。なにをどうすればいいのか判断がつかないまま、しばらくそうしていた。


その夜の修行は、前日を上回るものだった。

着ていたものを脱いで作業台の上で四つん這いになるように命じられ、そのとおりにすると、すでに股間は潤っていた。

「まあ、なんて用意がいいんでしょう」

笑いながら言った朱緒は、たっぷりと濡れて光る会陰を人差し指でつついた。

「す、すみません！」

刺激を欲しがっている卑しい自分が恥ずかしく、阿多香は全身を羞恥に染めた。

「いいのよ。したくてたまらないんでしょ？　それでこそ巫女見習いよ」

また笑い声が聞こえてきたが、それはとても優しいものだった。

修行に入ってから、朱緒は以前よりずっと親しみを見せるようになった。染織のみの師弟関係のときには、冷たく硬い壁があった。教えてもらうことはわずかで、自分で考えてやっていくしかなかった。

師をはるか雲の上の存在として仰ぎ見てきた阿多香は、自分の近くに降りてきてくれたというだけでもうれしかったのである。

「今夜はもうひとつ別の場所で感じることを教えましょう。ここよ」

指先が触れたところは、肛門だった。

「ええっ！」

「じっとしてるのよ」

言い聞かせる言葉とともに、剛木が前にまわってきた。彼の手には幅五センチほどの黒い布があって、それで二重に目隠しがされる。それからすぐに、冷たいものがうしろへ塗り込められた。

「ああっ……よ、汚れます！」

なにをされるかよりも、美しい師の指を汚してしまうことのほうが気になった。

「大丈夫よ。すぐにきれいにしてあげるから」

問い返す間もなく、硬いノズルが差し込まれる。

（まさか……本当に！）

肛門をつつかれたときから半ば予想していたことだったが、そうでなければいいと願っていたことが現実のものとなってしまった。

「イルリガートルでまずは五〇ｃｃね」

数字に愕然とする。

「大丈夫よ。特別に調合した秘伝の漢方薬だから。長時間我慢しても、お腹にはとても優しくできているの」

そう説明されても、とまどいや嫌悪がなくなるわけではない。目隠しをされたことも不安で、せめてうしろを振り返ろうとすると、圧力のかかった薬液が腸の中へ注入されてきた。

「あ、くっ……うう……」

浣腸は人生で初めての経験だった。注入の苦しさもさることながら、入れられたものは出さなければならない。そのときの羞恥を思うと、いてもたってもいられなくなる。

「ああっ……どうかっ、もう、お許しください。こんな……こんなことは！」

なんの覚悟も決まらないまま泣きたくなるような思いで訴えると、ぴしりとした声が返ってきた。

「修行で逆らうことは許しません。どんなことがあっても、あなたは従わなくてはならないのよ」

「そ、そんな！」

訴えるあいだも注入は止まず、腹部は冷たいもので満たされていく。逆らってはならないと言われても、拒まずにはいられない感覚だ。

だがしかし、なにがあっても従わなくてはならないという命令は、もっと深いところにある感情を呼び覚ました。

秘花につながっている快楽の琴線が震えた。

「あら、またこんなにあふれさせて」

その言葉で、苦しい腹部が波打つ。

「苦しい？」

「……はい……苦しい……です。おなかが……痛い」

「そう、痛くて苦しいわね。初めてなんでしょ？」

問いかけに必死でうなずくと、朱緒は膨らみはじめた下腹をなでた。

「でも、あなたの体は悦んでいる」

そうだ、たしかに悦んで膣口がゆるみ、はしたなく蜜を流しっぱなしにしている。

「冷たいお薬に、体の奥の奥まで犯されている気がしない？　自分のものはなにひとつなくなるような……すべてが別のものに置き換わってしまうような……」

言葉に導かれて、内部に妄想が広がっていく。恥ずかしい排泄の穴から逆流してくるものに次々と内臓を支配され、自分の意思を失っていくような錯覚を覚えた。

「あ……ふっ……ううん」

微細な震えとともに、得も言われぬ快美感が突き抜けた。

背後で薬液を足しているようなかすかな水音が聞こえたが、普通の感覚が麻痺してしまったのか、不安も恐怖も感じない。

開きっぱなしになった口に、硬いものが押し込まれた。目隠しで見えなかったが、それは石でできたディルドーだった。

「それは私のペニスよ。あなたは口も肛門も私に犯され、コントロールされているの」

言われると、それは本当に朱緒のペニスだという気がした。そのために目隠しされたのだと悟った。

口を大きく開かないとくわえられないほど太いものは、一定のリズムを刻んで阿多香の上あごをこすった。責め立てるというよりは、そこも性の道具であることを自然と意識させるようなゆっくりとした動きだ。

それはやがて奥まで侵入するようになり、唇から喉までが完全に性的な肉筒になりかわった。

(……口も肛門も、深く……犯されている)

心の中で言葉にしたとたん、阿多香の全身が粟立ち、なにかが切り替わった。

背中が小刻みに痙攣する。唇の端からよだれがしたたり、眉間がせつなく寄る。

恍惚とした虚無がやってきた。与えられるすべての感覚は快感でしかなくなり、腹腔を満たすのは長大なペニスとなった。

口をふさがれたまま、すすり泣くような鼻音をこぼす。口腔の奥をきつく絞り、下腹の力を抜いてさらなる薬液の注入をうながす。

なにも言わなくても、師には弟子の状態がわかっているのか、朱緒は背中をなでながら耳に唇を寄せてきた。

「もっと欲しくなったのね」

かすかに頭を振ると、「もう一リットルも入っているのに？」とささやき声で笑う。量を聞いて、阿多香は再び大きな恍惚感に襲われた。浣腸のノズルを咥え込んだまま、尻を細かく震わせる。

「あらあら、そんなに動くと外れるわよ。もっと太いのにしないとダメね」

たしなめられて恥ずかしく思いながらも、今度はなにをされるのかと少し不安になった。

ノズルが引き抜かれると同時に口も自由になる。次に襲ってきたのは、激しい排泄感だった。

だがそれは、肛門が裂けるかと思うほどの痛みと共に押し入ってきた硬い塊にせき止められた。

思わず悲鳴をあげる。目覚め石とはくらべものにならない圧迫感にすべてが征服され、たしかな手ごたえのあるものを受け入れたことの衝撃に体が硬直した。

「三センチプラグは、まだ太すぎたかしら。でも、我慢させるにはまだ足りないわね」

痛みの余韻が残る肛門の奥で、ラバーのプラグがふくらみはじめた。朱緒がポンプをにぎって空気を送り込んでいるのだ。

三回ほど送られると、排泄感が痛みを上回りはじめた。

「先生！」

あわてて限界を告げる。

手を止めて考えるような気配のあとに、「そうね」という言葉が聞こえてきた。

しかし、ホッとしたのもつかの間。阿多香はすぐに呻くこととなった。

信じられないほどの排泄感なのだ。汚いものをさらす羞恥は当分考えなくてもよくなったが、体の自然な反応を止められるのはこれほどまでに苦しいことなのかと初めて知った。

それでも必死に耐えていると、その波が引くときがある。そこでやっと呼吸をし、体の力を抜く。だがまたすぐに苦痛はやってきた。

四つん這いのまま頭を作業台につけ、目隠しの下で眉根をギュッと寄せる。朱緒と剛木にしかめた顔は見えないだろうが、緊張して盛り上がった肩甲骨や全身の汗、そして絶え間ない呻きで充分に伝わっているはずだ。

すると阿多香の揺れる乳房が両手でとらえられた。乳首が二本の指に挟まれ、ひねられる。その鮮烈な痛みに腹部の苦痛が押しのけられ、大きな悲鳴がほとばしった。

背後から朱緒が言った。

「まだ十分もたっていないわよ。最低でも二十分は我慢しないとね。ただ待っているのも退屈だわ。なにかないかしら」

道具を選ぶ気配のあとに、双丘をピタピタと軽く叩かれた。しなやかで平たい感触だ。

(革のパドル?)

目にしたことのある道具の中から推測するが、それはすぐにやってきた激痛で断ち切られた。

パシーンと澄んだ音は五秒ほどの間をおいて、十回繰り返された。

一瞬の激痛が去ると、腹部の苦痛に意識が戻る。その間が五秒なのだ。

仕置きの痛みと浣腸の苦しさが紛れることなく、両方はっきり味わえるような絶妙なやり方だった。

阿多香はますます追いつめられた。

もう乳首をひねり上げられても悲鳴しかあげられず、体をよじって耐える。そうなると腹部もねじれ、いっそう排泄感が増して気が狂いそうだった。

「いやぁ、ああっ、ダメェ！」

思わず放った涙まじりの言葉は、パドルに封じ込められた。淡々としたリズムで、また十回である。

「出してえっ！　出させてぇ！」

自分がいま何をされているのか、もうわからなかった。ただひたすら、楽になりたいという本能だけで叫びつづけた。

「いいわ。もう許してあげましょう」

師の柔らかな声がふいに言った。気づけば乳首の痛みも尻への仕置きもやんでいる。

「ありがとうございます！」

すすり泣きとともに感謝すると、うしろのプラグから空気が抜かれた。圧力のなくなった腸は、すぐさま中身を吐き出した。

薬液の奔流があてがわれたバケツの底に当たる。

同時に、それはとてつもない開放感を阿多香にもたらした。ふだんの排泄ではとうてい味わえない、体内の汚濁がすべて流れ出ていくような浄化の感覚があった。

しかし、途中から本物の汚物が出はじめると、羞恥のほうが上まわりはじめた。悪臭が漂うなか、今度はありったけの声で懇願した。

「見ないで！　お願いです！」

拘束されているわけではないので、排泄を止めようと上半身を起こし、背後のバケツに手を伸ばした。

「ダメよ。全部見せるのよ」

叱責は朱緒の声だったが、それとは違う力で髪をつかまれ、うしろへ引っ張られた。どうやらバケツを構えていたのは剛木のようだ。

「ああっ！」

倒れそうになったところを、支えられて床に降ろされる。両腕を背中にまわされて縛られ、立ち膝になると、間にバケツを押し込まれた。

髪はつかまれたままなので、顔が上を向く。「こんなに汗をかいて」と言って朱緒に触れられた乳首は、すっかり硬く尖っていた。

しばらくは肛門に力を入れてみたものの、薬の効果は絶大だった。かすかな痒みと鈍痛が排便を絶え間なくうながし、必死の抵抗をあざ笑う。腸内がぐるぐると渦巻くような苦しさには、いくらも耐えられなかった。

「あ、くっ……うう！　ダメ！」

破裂音とともに再び恥ずかしい排泄がはじまった。阿多香の全身が薄紅色に染まる。

この世にこれほどの羞恥があろうかと思うような経験だった。

臭いや音が恥ずかしくてたまらなかった。

「すみません！……あっ、あっ……ごめんなさい！」

隠すことが許されないのなら、謝るしかない。

すると、乳首を口に含まれた。

驚いて声をあげると、朱緒の声が胸元で笑った。

「いいのよ。とても可愛いわ」

「せ、先生！」

阿多香は別の意味で泣きたくなった。そして、今までに感じたことのない、大きな幸福感に包まれた。

子供に戻ったように泣いていると、目隠しがはずされた。汗ではりついた前髪を、優しい手でかきあげられる。美しく澄んだ瞳が微笑み、優美な輪郭をもつ唇が重ねられた。

（先生！）

心の中でもう一度叫ぶと、心地よい光が身体中からあふれ出た。

「恥ずかしくても、すっかり出してしまうのよ。いいわね」

蔑みも、からかいもない。ただあたたかく見守られながら、阿多香は排泄を終えた。

出すものがなくなってもすぐには動けず、肛門周辺には疼くような感覚が残っていた。腰に力が入らないため、バケツをはずされるとへたり込みそうになった。

「おっと」と言って抱きとめてくれた剛木の腕に、あわててすがる。

「自分で歩くのは無理そうだな」

返事ができずにいると、朱緒が「そうね」と引き取った。

「初めてなのに、一リットルも入れて、四十分も我慢してたんですもの」

フフとこぼれる甘い笑い声に、阿多香は改めて赤面する。

「四十分……も、ですか」

そんなに長い時間だったのかと、信じられない思いがした。

剛木に抱きかかえられて水場へ行き、体をざっと洗い流す。水場というのは布についた余分な染料を落とすための場所で、いつもは細長い浴槽にぬるま湯が張ってある。

明日からは、ここへ来るたびに今日のことを思い出してしまいそうだった。

タオルで水気を取って作業場へ戻ると、「いらっしゃい」と、朱緒に手招きされた。

もう終わりだと思っていたのに、師の顔はどこか意味ありげだ。

「……はい」

「あの……先生?」

「まだよ。これで準備が整ったの」

「準備?」

「もう一度、台へ上がって四つん這いになりなさい」

「え?」

いったいなにをするというのだろう。阿多香は不安と期待がないまぜになった複雑な思いを抱え、作業台へ上がった。

「菊座の快楽はね、こんなものじゃないのよ」

言われたとたん、全身が総毛立った。洗い流された隠微な余韻が、また鮮やかに蘇る。

浣腸のときよりも格段に多い潤滑剤を、肛門から直腸へと指先で運ばれ、阿多香は大きくあえいだ。

「入り口がふっくらして、とても柔らかくなっているわ。体の奥の奥……内臓までもが快感を生み出すということを学びなさい」

謎めいた言葉が終わると、目の前の桶から剛木がなにかを取り出した。

「ひっ」と息を呑んだのは、それが蛇の死骸だったからだ。

死骸といっても、新しいものではない。青黒い地に赤い斑紋のある表皮は、もっとずっと年月のたったホルマリン漬けの標本のようにも見える。

「ここの裏山にだけ生息する特別な蛇の抜け殻を薬液にひたしたものよ。薬液は皮の中に入り込むと粘性を増してゼリーのようになるの」

それがどういう意味を持つのかわからないまま、まるで生きているようにうねる長さ七十センチ、直径三センチほどの「蛇」を、阿多香は見つめた。よくみると、表面の鱗がわずかに逆立っている。

「御土来の家には、たくさんの秘宝や秘薬が伝わっている。すべて巫女を狂わせるためのもの。この〝くちなわ様〟もそのひとつよ」

「あ……」

「くちなわ様」を受け取った朱緒は、それを阿多香の頬に触れさせた。

体温より少し温かい。強い弾力があって、動くたびに丁子《ちようじ》と伽羅《きやら》がまざりあったような香りが漂ってきた。

「どう？　そろそろうしろが疼いてきたんじゃないかしら」

「え？　……あっ」

言われてみると、肛門から数センチ内部まで、熱いようなかゆいような感じがする。

「江戸時代の男色では、少年たちの菊門にトロロアオイと羊毛を仕込んでその気にさせたそうだけど、さっき塗り込めた潤滑剤にはそれ以上の催淫成分が入ってるのよ。浣腸のあとは腸が敏感になっているから、奥まですぐに広がるわ」

重みのある蛇体で、阿多香の頬や唇を軽くたたきながら、朱緒は楽しそうに言った。

すでにチリチリするような感覚は腹部の中ほどまで広がり、体温が上がってきていた。顔が赤くなり、汗が出はじめる。

「あぁ……はあっ！」

媚薬の話を聞いたことで動揺し、実際以上の効果が現れているのかもしれない。腸が鼓動を刻み、ときどき大きく収縮する。そのたびに疼きの度合いが増して、ついに耐えがたいほどになった。

「先生、助けてください！」

見上げてすがると、美しい顔がにっこりと微笑んだ。

「我慢できない？」

「はいっ！　もう……うしろがつらくて……なんとかしてください！」

「いいわ」とおもむろに言った朱緒は、もだえる阿多香の尻を、くちなわの頭で二、三度たたいた。

「方法はいくつかあるの。ひとつは、大量に浣腸して洗い流す方法。でも媚薬の成分が濃いから、五回くらいしないとダメね。それでも完全には洗い流せない。朝までいくらか苦しむことになるわ」

「ほ、ほかには！」

そんなには待てない。阿多香は必死だった。

「いちばん効果的なのは、このくちなわ様を入れること。調合液と蛇皮が媚薬の効果を相殺してくれるの。ただし、媚薬が広がったところまでしっかり入れないと効果はないわよ。奥に少しでも残すと、三日は消えない」

「ええっ！」

叫び声は悲痛だった。

「別の方法はないんですか？　た、たとえば、くちなわ様の調合液を直接入れるとか」

長々とした気味の悪い蛇体を体に入れることには、身震いするほどの嫌悪感があった。蛇を呑み込むことを思えば、多少の浣腸くらい我慢できそうだ。

「残念ね」と笑った朱緒は、蛇の頭を阿多香の鼻先にもってきた。

「調合液だけではダメなのよ。裏山にだけ生息する特別な蛇と言ったのはそういう意味。両方合わさって、初めて効果が生まれるの。神様は意地悪なのよ」

「意地悪なのは先生だ」と言いたかったが、疼きは限界にきていた。阿多香は思わず肛門へ手を伸ばした。

だが、すぐに気づいた剛木に両手をつかまれ、背中へひねり上げられてしまった。

朱緒がたしなめる。

「いけない子ね。私がいいと言ったとき以外、自分でさわってはダメよ」

片頬を作業台に押し付けられた阿多香は、苦しい姿勢で絶叫した。

「イヤァー！　許してー！」

早く疼きを止めなくては、どうかなりそうだった。

「あらあら、可愛い顔が涙でぐしゃぐしゃ……。くちなわ様を入れれば、すぐにおさまるのにねぇ」

「そんな……いや……気持ち悪い」

鱗の逆立った青黒い皮膚はぬらぬらと光り、赤い斑点がたくさんの目のように見える。あまりの忌まわしさに肩に力が入り、身体中に悪寒が走る。だが、それを受け入れるしか、もう方法はないようにも思えた。

つらさと怖さと嫌悪感に翻弄される阿多香に、朱緒が言った。

「助けてほしかったら、私のお尻にくちなわ様を入れてくださいと、お願いなさい」

「あ……うう」

「これを入れるのか」と思うと、新たな涙があふれてくる。しかし、いまこの高い壁を越えなければ、一歩も先へ進めないのだ。

「わ、私の……お尻に……くちなわ様を、入れてください！」

最後は悲鳴のようになった。

「よく言えました」

すまし顔でほめた師は、弟子の肛門へおもむろに蛇頭を近づけた。すぐには入れず、菊花の花弁をなぞる。あるいは輪を描き、先を少しだけ入れ、たっぷりと焦らした。

「先生！　お願いです！　早く……早く、入れてぇ！」

朱緒はクスリと笑い、「はいはい」と言って先端に力を込めた。

ぬめりのある蛇頭は、苦もなく肛花へ沈み込んだ。さらに五センチほど進めると、阿多香の腰が大きく上下した。覚悟はしていても、気味の悪いものを呑み込むつらさは大変なものだったのだ。

「しっかり奥まで入れないと、おさまらないわよ。我慢して」

励ましにも呻きでしか答えられない。背中で剛木につかまれている手を強くにぎりしめ、目を固くつぶった。

蛇体はゆっくりと十センチばかり入り込んだ。呻き声はさらに高くなったが、媚薬の疼きは半減している。

さらに入れられると、今度は気持ち悪さのほうがまさってきた。

「すごいわね。初めてなのにもう二十センチも入ってしまったわ」

言われて、その長さをまざまざと感じ、腹部が波打つ。

「これなら三十センチくらいいけそうね」

「もう……許して」

呻きながら苦しい姿勢で絞り出した。

「修行では許さないと言ったでしょ？　あなたはね、私がいいと思うところまで呑み込むのよ。いいわね」

容赦のない言葉に、阿多香は自我が心から抜け落ちていくような虚無感を覚えた。

そして、「私は逆らえないのだ」と思った瞬間、グロテスクな蛇を呑み込んだ腸が震え、快美な閃光が走った。

「ああ！」

思わず放った声は、甘くかすれていた。

「お仕置きするまでもないようね」

同じくらい甘い声で言った朱緒は、十センチを一気に押し入れた。

圧力に息が止まりそうになる。吐き気がしてえずくと、剛木が手を離してくれた。

それでもおぞましさはおさまらず、作業台の縁を強くつかむ。

そのタイミングを待っていたかのように、先端がズルリと引き抜かれ、また押し戻された。

「あっ、あっ、あっ、あっ！」

初めてのとてつもない感覚に、奇妙な声がほとばしった。

「逆立った鱗を、あなたも見たでしょ？　あれはこうするためにあるのよ」

「ああっ、ダメ！」

なんども繰り返される刺激に顔が歪み、全身が熱くなっていく。

腹腔が傍若無人にかき回され、逆立った鱗に腸が引きずり出されていくような感覚があった。

だが、そんな拷問のような行為が、これまで経験したことのない大きな快楽をもたらしているのも事実だった。

性器への挿入もろくに知らないのに、排泄口から体内を犯され、狂ったようによがる自分に驚くものの、もっともっと味わいたくてたまらなかった。

身を起こし、両手を前についた阿多香は、首をふって背中をうねらせた。まだ完全に消えたわけではない媚薬の疼きに届くよう、自ら尻を突き出す。恥ずかしさの感覚はもうない。それでも足りなくて、言葉でねだった。

「もっと……深く突いてください！」

それに応えるかのように、朱緒は挿したままの蛇体をしごきあげ、ギュッと強くにぎった。ゼリー状になっている調合液が先に集中し、頭から三十センチばかりが太くなる。それを勢いよく突き込んだ。

大きな悲鳴が作業場中に響き渡った。

それが何回、いや何十回続いたのか、阿多香にはわからない。

責めが終わり、くちなわ様が出ていくと、広い肉の空間に風が吹き込んだような寂しさを感じた。

しばらく作業台に片頰をつけ、親指を甘嚙みしながら陶然と目を閉じていると、剛木に優しく体を返された。大きな手が、いたわりを込めて腹部に当てられる。

朱緒が髪を撫でてくれた。

「明日からも楽しみね」

週明けの月曜日、いつもなら作業場を掃除し、湯を沸かしたり、染料をとる植物を刻んだりするのだが、今日はちがった。当分の間、仕事よりも修行が優先されることになったのだ。

時間が自由に使える工芸家ならではのことだったが、それでも客は来る。午後にも、青山にあるギャラリーのオーナーが、個展の打ち合わせで訪れることになっていた。

午前中、少し休んでいた阿多香は、昼前に接客を命じられた。

だが食後、朱緒に呼ばれて織り屋へ行ってみると、着ているものをすべて脱ぐように言われた。

「え？ 今ですか？」

「そう。裸になって、そこへ仰向けになりなさい」

とまどいながらも言われたとおりにすると、膝を立てて足を開けという。

「あの、先生……これからお客さまがいらっしゃるんじゃ……」

「そうよ。だからいいチャンスなの」

フフと謎めいた笑いのあと、「さ、早く」とうながされた。

仕方なく「はい」と言って開いたが、やはり恥ずかしさが先に立つ。

さあこれから修行だと思えば、それなりに覚悟もできて心もそちらへ向かうのだが、今はまだ日常だ。そろそろ南から西へまわり込もうとする陽の光が、織り屋の窓枠をかすめるように差し込んできている。

しかし、師がそう言うのなら、弟子は言われたとおりにしなければならない。他人の目に自分の秘部をさらすのにはまったく慣れなかったが、阿多香は立てた膝をおずおずと開いた。

「アヌスは大丈夫そうね」

ゆうべは、炎症やかゆみを止める軟膏を、朱緒が自ら塗ってくれた。指先でそっと触れられると、体がびくりと反応する。

「大丈夫よ、ここはいじめないから」

明るい笑い声とともに、重なり合った肉襞を開かれた。

「あ……」

小さくあえぐと、そこにキスをされた。

「先生……」

今日は剛木は来ていない。二人だけだ。

「蜜がこぼれてきたわよ。……ここも、こんなにとがらせて……」

朱緒が触れたのは、阿多香の両乳首だった。ほっそりとした人差し指でなぶられ、弾かれる。

「あっ、あっ、ああ！」

そこは驚くほど敏感になっていた。感じすぎて涙目になってしまう。

「教えられなくても、ちゃんと体は成長しているわね」

感心したように言った朱緒は、算木のような短い角棒を取り出した。長さは五センチほどで、一辺は一センチに満たない。ジャスミンのようないい香りがした。

「これはね、紫檀《したん》に香料を染み込ませてあるの。これをこうして……」

そう言いながら算木で阿多香の乳首を挟むと、両端を木綿の糸でくくってしまった。

真ん中で潰された肉蕾は、先が五ミリばかりはみ出している。耐えられない痛みではなかったが、時間が経てばどうなるかわからない。

「それから、これね」

次に取り出されたのは、おととい入れられ、狂わされた目覚め石だった。

「ああっ」とおののきの声をもらすと、企みのある微笑みを返された。

なんの潤滑剤も必要とせずに、親指よりひと回り大きな石がツプリと女唇に呑み込まれる。淫らなぬめりを絡めた長い指が、それを奥まで押し込んだ。

「今日はこのまま着物を着て、お客さまの前に出なさい。お茶をお出ししたら、打ち合わせが終わるまで、あなたは私のうしろに立って控えているのよ。いいわね」

ふだんならなんでもないことだったが、これだけのことをされたうえでじっと待つのは自信がない。

「先生、それは……」

阿多香は上半身を起こした。

とたんに胸先が刺激され、胴に両腕をまわして息を詰める。豊かな乳房の先で算木に挟まれた乳首が揺れ、透明な粒がいくつも小さく光っていた。乳房全体が熱かった。

「もう、乳蜜がにじみ出ているのね。感じやすい体……」

乳腺から出た透明な粘液を指でスッとぬぐった朱緒は、そのまま口へ運んでペロリと舐めとった。

あまりのことに阿多香はあえぐことしかできない。

「さ、仕度なさい」

促されて立ち上がると、めまいがした。

ギャラリーのオーナー入沢《いりさわ》は、それから三十分ほどでやってきた。

初子から盆を受け取った着物姿の阿多香は、「失礼します」と声をかけて応接室の扉を開けた。

六十代に見える入沢は、朱緒と剛木にインドネシアへ行ってきた話をしていた。

「いやいや、あちらの染色は多彩ですな。素朴で、実に力強い」

よく日に焼けた顔で笑い、薄くなりはじめた胡麻塩頭に手をやる。脂肪が乗って肩も腹も丸みのある小柄な体に柄物のシャツを着こみ、臙脂のネクタイを取り合わせているのが洒落ていて、さすがは芸術に携わる者だと思わせる。

しかし、なんとか見て取れたのはそこまでで、茶を出し終わって師の斜めうしろ立つと、その姿勢を維持するのがやっとになった。

挟まれた乳首の痛みと熱さは乳房全体に広がり、はみ出した先端が肌襦袢にこすれて常に意識がそこへ行く。それに連動するかのように目覚め石が振動し、裾除けの下の素足の合わせ目は隠液で濡れそぼっている。

朱緒が出してくれた着物は、くすんだ黄緑の玉糸がときおり混じる薄い枯葉色の初冬らしい紬《つむぎ》で、合わせた帯はさび朱。普段着とはいえ、糸から染めた高価な絹物を汚しはしないかとハラハラするが、自分ではどうしようもない。

緊張すればするほど痛みや疼きはひどくなり、額から汗が伝った。十分ほどで、足元がふらつきはじめた。入沢が気づいて声をかけてきた。

「おや、お弟子さんは具合が悪いんじゃないですか？」

ゆっくりと振り返った朱緒は、しばらく視線を止める。

「阿多香、気分でも悪いの？」

「いえ……」

理由を知っていてわざと聞いてくる師匠に、まさか本当のことも言えない。

「……大丈夫です」

「休みたかったら、そう言いなさい」

もちろん嘘だった。一刻も早く部屋へ戻り、乳首の算木を外して、目覚め石を体内から取り出したかった。

「そう」

素っ気なく言うと、朱緒はまたゆっくりと前に向き直った。

「今日の午前中は力仕事が多かったので、疲れたのでしょう。お気づかいありがとうございます」

「ほう、力仕事ですか。こんな可愛らしいお嬢さんがそんな重労働をするのはかわいそうな気もしますが、染織の仕事はどれも体力がいりますからなあ」

「そうですわね」

曖昧な微笑みが整った口元から広がる。

「いや、それにしてもこちらの工房は美人ぞろいですな。こんなことを言うと、昨今はセクハラとかなんとかうるさいですが、美しいものは美しいと、私はきちんと申し上げたい。美を生み出す者は魂が美しい。それが表に現れるのはなんの不思議もない」

理屈になるような、ならないようなことを言って、オーナーは機嫌よく笑った。

打ち合わせと称するものの八割は世間話で、わざわざ訪ねてこなければならないようなものではなかった。おそらく朱緒に会いにきているのだろう。

聞かなくもいい話を聞きながら、阿多香は懸命に姿勢を保っていた。

入沢が名残惜しそうに帰っていったのは、それから一時間ほどしてからだった。

玄関を出て見送ったが、車が門を出たところで膝から崩れ落ちた。とっさに支えてくれた剛木のおかげで着物は汚さずにすんだが、緊張の糸が切れたことで涙があふれた。それほどつらかったのだ。

すぐに織り屋へ連れて行かれ、着物の襟に両手をかけて胸をはだけさせられる。一刻も早く解放されたくて、泣きながら叫んだ。

「先生、外してください！　外してぇ！」

乳房のほとんどが薄赤く染まり、熱を持っている。ジャスミンはむせぶばかりに香っていた。

「そのまま、襟をつかんで立っていなさい。お客さまの前でみっともない姿をさらした罰を与えなくてはね」

ニッコリと残酷な笑みを浮かべた朱緒の手に、剛木が五十センチあまりの籐の笞を渡した。

恐怖に目を見張った阿多香は、思わず胸を閉じ、くるりと背を向けた。

「剛木！」

「はい」

低い声で答えた男は、すばやく阿多香の腕をとらえ、後ろへねじり上げた。

「いや！　はなして！」

暴れる体は軽々と押さえつけられ、肩脱ぎにされる。上半身がすっかりあらわになった状態で、両腕を天井の梁から吊るされた。

静かに涙を流しつづける阿多香の胸を、朱緒が籐笞でピタピタと叩いた。

そんなちょっとした刺激でも挟まれた乳首はしびれるように痛み、「ううっ！」と声が出てしまう。

「いい色になったわね。この算木には、熱を持たせるような薬が染み込ませてあるのよ。こんなになったら、もう息を吹きかけても感じるはず」

夜風のような冷たい息が、赤紫の先端へフッと吹きかけられた。予言どおりの震えが走り、腰がガクンと跳ねる。

「あううっ！」

歯を食いしばってもこらえようのないさざ波が、体の芯から瞬く間に拡散していく。

「ほら、もう、痛いだけじゃなくなったでしょ？」

その言葉は魔法のように耳底へ響き、阿多香は口を開いたまま中空へ視線を向けた。

次は胸を籐笞でぶたれる。今度は悲鳴にはならない。

「この香りも、気分を昂らせるよう調合されているのよ」

「あ……はぁ……」

感覚が一瞬にして変わってしまった。

算木からはみ出した乳首の先端を打たれても、激痛なだけではないなにかが、甘い悲鳴を引き出す。乳房の下や脇腹へのきつい笞も、目の焦点を失った阿多香は、よがりながら耐えた。

算木が外されると、とどこおっていた血液が一気に流れ込み、打擲にも負けない痛みをもたらした。

大きな声をあげて体をそらすと、着物の上から嫌というほど尻をぶたれた。布ごしであるため、肌を切り裂くような鋭い痛みはないが、鈍痛が積み重なっていく。

涙と汗で汚れた顔をうつむけていると、籐笞の先であごを上げさせられた。

「いいわね。今度からお客さまの前でみっともないところを見せてはダメよ。いつもなんでもない顔をして立ってらっしゃい」

「……は、はい」

新たな涙をあふれさせながらようやくそれだけ答えると、師は「よろしい」と言って、次の命令を下した。

「足を開いて、中の目覚め石を出しなさい」

「え？」

思わず聞き返したのは、まだ両手をつられたまま、上半身裸という格好だったからだ。こんな状態でどうやって中の石を出せというのだろう。

とまどう阿多香に聞こえてきたのは、信じられない言葉だった。

「立ったまま、産み落とせばいいの」

「そんな……」

「やってごらんなさい。自分でそこを自在に操れるようにならないと、巫女は務まらないわよ」

それでも迷っていると、太ももを強く叩かれた。

「まず足を開く」

とりあえず拳ふたつ分ほど開くと、「もっと」と言われ、また叩かれた。けっきょく肩幅よりやや広めに開くまで、笞の指示はやまなかった。

「そのくらいでいいわ。中の石に意識を集中して」

痛みでジンジンする両太ももを震わせながら、阿多香は言われるまま膝をすこし落とした。肛門よりも膣を意識し、力をこめる。数分がんばっていると、中で動きがあった。

「そう、奥を締めるようにして」

短いアドバイスを忠実に実行する。しばらくそうしていると、石が大きく動き、産道をぬるりと通って、やっと膣口から床へ落ちた。

いっしょにパタパタッと、小水がしたたった。

「あ！」

恥ずかしさに叫んだが、朱緒は気にも止めず、頬に口づけをする。

そのままずべるように唇を移動させ、耳元で「よくできました」とささやいた。

「先生！」

阿多香は吊られた体をぶつけ、顔を師の肩口に埋めて泣いた。


巫女の修行は一日も休まずにつづけられた。

朝起きてから夜寝るまで入れられている目覚め石は常に振動し、性器の内部に意識を向けさせる。

浣腸は三日とおかずにされ、くちなわ様のほかにもさまざまな道具を入れられて、腸内もすっかり敏感になってしまった。いまでは肛門で簡単に絶頂に達することができる。

朝に晩に刺激される乳首はふっくらと大粒になり、「胸を出しなさい」と言われるだけで体から力が抜け、よろめいた。

現実の世界はすでに遠かった。全身が絶え間なく感じ、あえいでいる。客が来てもまっすぐ立っていられるようにはなったが、淫液で足袋まで濡らし、けっきょく仕置きを受けた。

一カ月後、阿多香は再び三ツ屋との例会に臨んだ。

ひさしぶりに会った男たちは、三人とも瞠目した。

最初に口を開いたのは勘右衛門だった。

「これはまた……草原の娘が高級遊女になったようだ」

篤正もうなずき、「驚くような成長ぶりだね」とつづける。若い一眞はなかなか言葉も出ない様子で「すごく色っぽい」とだけ言った。

きちんと襟元を合わせた白帷子の禁欲感とは対象的に、その目は熱でもあるように潤み、頬はいっそう艶をましている。透明感のある薄紅色の唇はふっくらと厚みがあり、ときどき吐息を逃すように開いた。

祭壇の前に端座した朱緒は、落ち着いた声で言った。

「まだ、最初の扉が開いたにすぎません。これから欲をそぎ落とし、残ったものを高めていかねばなりません」

それから視線を弟子に移す。

「いまはまだ、されたくてしょうがないでしょう、ねえ？」

言われた阿多香は、恥ずかしさに顔をふせた。そのとおり、すぐにも触れてほしくてたまらなかった。

師弟のやりとりを見ていた男たちには、口元をほころばせながら意味ありげな目線をかわしあう。

「後花は洗浄が済んでいるんですよね？」

問う篤正の手には、大粒の胡桃がいくつもにぎられていた。

神前では不浄が嫌われるため、朝に緩下作用のある薬湯を飲んで排便し、直前にも剛木から二回の浣腸を受けていた。とうぜん体はいつも以上に昂っていたが、相手が三ツ屋だとなると、つい不安がこみ上げる。どんなひどいことをされるかわからないのだ。

阿多香は息を吸い込み、逃げるように腰を浮かせた。

「おっと」と言ってその腕をつかんだのは一眞だった。

「見習いは、逆らうことは許されないんだよ。知ってるよね？」

耳を噛んで背中から抱きすくめると、強引に太ももを割る。勘右衛門も加勢して、わずかな身動きもできないよう押さえつけた。

朱緒が言った。

「長いものは四十センチ以上呑み込めるし、入口も六センチ近く広がります。仕置きの鞭も喜んで受けますから、手加減の必要はありません」

「それは頼もしい」

冷酷にも見える笑みを浮かべたのは篤正だった。

許しを乞おうした阿多香の口は、一眞の手でふさがれた。

鼻だけの呼吸になって、白帷子の胸がせわしなく上下する。「んん」と拒絶のこもった声を喉奥で響かせるが、むろん誰も助けてはくれない。

「後花がそれだけ開発済みなら、この淫薬の効果も知っているだろう」

ひとりごとのように言って、篤正は潤滑液をたっぷり直腸へ塗り込めた。

「すごいな、呼吸しているみたいに収縮する。これは名花だね」

フレームレスのメガネをちょっとあげると、細面の薬学者は最初の一粒を押し込んだ。

それほどの大きさではないため痛みはない。だが、いたたまれないような違和感があった。

そのままうしろ手に縛られ、毛氈に片頰をついたかっこうで腰を高くあげさせられる。むきだしになった白桃のような双丘は、うすく汗ばんで小刻みに震えた。

結局十粒ほど入れられた阿多香は、限界まで疼きを我慢させられ、男たちに太ももを抱えられながら胡桃を排泄した。

男性器こそ使われなかったが、指やディルドーで口も胸も存分に責められ、気を失うまで快楽を注ぎ込まれた。同性とはちがう力強い陽の気に身体中が満たされ、翌朝まで酔ったような気分が消えなかった。

（すごい……こんなにもちがうものなの……）

目覚めて、性のちがいの重要性を悟ると同時に、肉体の変化にも気づく。胸が張り、下腹部にも膨満感と鈍痛がある。体内を念入りに耕された気分だ。

そして、その日を境に朱緒による修行は終わり、通常の染織の仕事の日々が戻ってきた。

第五章　三ツ屋の男たちの誘い

　数日後、晩秋の陽が暮れたばかりの薄闇のなか、作業の片づけをしていた阿多香は声をかけられた。一眞だった。

「もう仕事は終わったの？」

「はい」

「少し、いいかな？　これから都心へ出ない？」

　いつもの男らしい精悍な顔に、いくらかきまりの悪さが浮かんでいる。

「見習いの巫女が、勝手にそういうことをしてもいいんでしょうか？」

　胸の高鳴りを抑えて、やっと返事をした。

「かまわないと思うけど、いちおう朱緒さんに訊いてみたら？」

「は、はい」

まともに目を合わせることもできず、一礼すると、織り屋へ走った。

織機を操っていた師に尋ねると、

「いいわよ。帰りも気にしなくていいから、仕事に間に合うよう好きな時間に戻ってらっしゃい」

「見習いでも、こういうことをしていいんでしょうか？」

「もちろんよ。恋も遊びも禁止されてないわ。ただ、私の力が及ばないところでは、自分の身は自分で守らないといけない。それだけは覚えておいて」

表情はいつものように静かだったが、言葉には姉が妹を心配するような温かさがあった。

阿多香は「はい」と神妙にうなずき、前を下がった。

例会で初めて抱きしめられた一眞の腕の中は、とても居心地がよかった。日常ではありえない状況にあって、ここは安心だと思わせてくれるものが彼にはあった。

これまで特別な感情をもった男性がいないことはなかったが、それほど強いものではなかった。女友だちとおいしいものを食べておしゃべりすることや、発掘のほうが楽しかったのだ。処女だったのは、そうした恋愛に対する関心の薄さもあった。

それがいきなり性の快楽を覚えさせられ、それなしではいられないような体になってしまった。一眞に対する感情は恋なのかと自分に問うてみるが、いまは冷静になることができない。とりあえず嫌いではないし、誘われてうれしいと思っていることは確かだった。

作務衣からボルドー色のワンピースに着替えると、迎えに来てくれた彼の車で新宿へ向かった。今日のスーツは藍色に銀鼠のストライプが入ったもので、ネクタイは阿多香のワンピースと合わせたかのような臙脂色だ。

八王子から中央道へ入り、府中をぬけていく。玖奇石で修行に入ってから五カ月。都心へ出るのは初めてだった。

「外出は久しぶりだろ？ 見習いはつらくない？」

ハンドルをにぎって前を向く横顔は、幅の広いノミで一気に削り出したような鼻と頬が際立って見える。しかし、何よりも惹きつけられるのは、その澄んだ漆黒の瞳だ。誠実さと芯の強さを示すそのまなざしが、荒々しい彼の顔に気高い美しさを与えていた。

「つらくはありません。自分の力不足を思い知ることばかりで、いまは学ぶのに必死です」

「巫女修行も？」

それには、なかなか答えられなかった。

「正直に言っていいよ。誰にもチクらないから」

笑いを含んだ穏やかな口調に、緊張が少しほぐれる。結んだ唇をゆるめて、小さくうなずいた。

「びっくりすることばかりです。もう元の自分がどうだったのか忘れてしまったくらい」

「そうだね。たしかにすごく変わった。でも、それも君が巫女としての力を持っていればこそだよ。資格のない者の前になど、御筒様はお姿を現したりしない」

「その御筒様なんですが、いったいどういう神様なのでしょうか。いまだによくわからないのです。以前、一眞さんは、この村だけの問題じゃないと言ってましたよね」

「うん、そうだなぁ……ものすごく簡単に言うと、この国を護る表の神様が天照大御神なら、御筒様は裏の神様というのがいちばん近いかな」

「裏……ですか」

「神様にもいろいろ担当があるんだよ。表の神には言えないスキャンダラスな願い事とか、公にしたら大混乱になるような決断とか、そういう国の存亡にかかわるような秘密を抱えた人たちのための神様なんだ」

それは人間により近いという意味でもあり、霊験もわかりやすい形で現れるのだと、一眞は説明した。

「いまは会社経営者とかも来る。呪いと紙一重のような力だから、依頼者の犠牲も大きい。だから、未来予測みたいな軽いものが大半だけどね。それだと、相応のお布施をするだけですむ」

「犠牲って？」

「俺の知るかぎりでは、高級車が大破したとか、転んで骨折したとか、美術品が壊れたとか、そんなもんかな。でも、戦前は人の命が奪われることもあったみたいだよ」

「……恐ろしい神様なんですね」

「心にやましいことがなければ、心配することはないよ。自分一人だけ得をしようとすると、願いごと以上の犠牲を払わなくてはならないけどね」

神の世界では、人間界の正義とか悪が通用しないのだという。すべてはバランスの問題で、大きな力を使おうとすれば、それだけの見返りが必要なのだ。

「だからこそ御土来の巫女は、的確な判断のできる叡智をもっていないとだめなんだ。ときには依頼を断ることもある。神と人間をつなぐ重要な存在なんだよ」

一眞の話はわかりやすく、納得できるものだった。また、阿多香を心から気づかう気持ちが伝わってきて、うれしくもあった。

車が到着したのは、新宿のシティ・ホテルだった。連れていかれたのは最上階のフレンチ・レストランで、案内された窓際の席からは大都会の夜景が一望できた。

玖奇石へ行くまでの、せわしない暮らしの感覚がふと戻ってくる。無理やりうしろへ引き戻されるような気がして、阿多香はあわてて思考を止めた。

「ん？　どうかした？」

「いえ……昔を思い出してしまって」

「昔ってほどじゃないだろう」

明るい笑い声に救われて微笑み返す。同じ景色だとしても、いまここにいる自分はもう元の自分ではないのだ。

「すみません、以前の感覚がよみがえってきて……でも、もうそれはなじまなくて、居心地が悪くなったものですから」

「御土来の血がすっかり目覚めたんだね」

「そうなんでしょうか」

自分のことだというのに判然とせず、目を伏せた。

「目覚めただけでは巫女になれないから、いまなら下界へ戻れるけどね」

「そうなんですか？」

一眞は無言でうなずいた。

「玖奇石でのことを忘れてしまえるならね。今夜はそれを確かめる意味もある」

ワインが運ばれてきて、二人はグラスを合わせた。

「巫女にならず、普通の生活に戻ることになったら、俺と結婚しないか」

あまりにも唐突な申し出に、阿多香は「えっ」と言ったきり絶句する。フォークとナイフは、前菜の皿の上で止まったままだ。

「巫女になるなら、跡継ぎの父親として俺を選んでほしい」

まっすぐに見つめられて一瞬息が止まる。心臓が大きく脈打っていた。

「普通なら、もっと手順を踏むんだろうけど、三ツ屋と巫女は基本的に恋愛はしない。ペアリングするとしたら、跡継ぎを生むこと以外の意味はないからね」

「あの……あの、そういうことは、私が決めていいことなんですか？」

「もちろんだよ。朱緒さんのおばあさんの代までは三ツ屋の話し合いで決めてたけど、笙華様のことがあってから、巫女本人の意思が尊重されることになった」

千百年変わらぬ時が流れているようでいて、玖奇石も変化してきている。掟や慣習より個人が大切だとなってからは、三ツ屋のかかわり方も違うものになってきたのだという。

「ぐずぐずしていると、いちばん若い俺の順番は最後になりそうだったから、先手を打った」

変わってきているとはいえ、それでも常識からはかけはなれている。出会って、心を通い合わせ、肉体と魂がひとつに結ばれるのが普通だとすれば、御土来の巫女は最後からいきなりはじまり、それのみが目的となる。

「すみません。私には、まだなにも決められません」

それが正直なところだった。好ましいと思ってはいても、結婚や出産まで一気に話が飛ぶと混乱してしまう。そういう点で阿多香はひどく奥手だった。

「まあ、そうだよね。まだ実質的には処女なんだし」

一眞は軽く笑った。

(やっぱり、みんな知ってるんだわ)

思わず頬を染めたが、これだけ淫靡な快感を教えられて果たして自分は「処女」なのかと思ってしまう。しかし、神との交わりはあるにせよ、それをもって現世の経験が済んだとも言えなかった。

「先手を打ったのは、三ツ屋の二人を出し抜きたいからじゃないよ。本当に君に惹かれているから」

相変わらずまっすぐに見つめてくる男の視線にうろたえた。

「先週の例会で、勘右衛門さんが君のことを〝草原の娘〟って言ってたよね。俺も本当にそうだと思った。初めて会ったとき、広々とした草原を渡るおおらかで明るい風が吹いてきたような気がした」

神聖さを保つために外の世界とはほとんどかかわらない玖奇石の気は澄み切っているが、ときどき息苦しくなると一眞はため息をついた。

「三ツ屋としての自覚がたりないと言われそうだけど、笙華様も朱緒さんもそれを感じているから、しきたりを破って外の血を入れようとしたんじゃないかな」

たった五カ月しか住んでいない阿多香には、その神聖さこそが素晴らしく思え、まだ世俗の垢を落としきれていない自分を恥ずかしく感じていた。しかし、一眞の言うことは理解できた。長く住んでいれば、そう感じることもあるのかもしれない。

「私はあれこれ言えるような立場ではありませんが、御筒様も玖奇石も護っていかなければならない場所だというのはわかります。笙華様がいらっしゃらなかった間に起こった災害についても伺いました。私にできることがあれば、せいいっぱい務めたいと思っています」

「君はまじめだよね。それに利己心がほとんどない。自分で役に立つことがあれば進んでしようとする。本当に自分がしたいことじゃなくても、誰かのために犠牲になってしまいそうだ。ちがう？」

すぐには答えられなかった。

「玖奇石は、世間とちがう価値観で動いている。驚くようなことばかりだったろう？」

「はい」

「巫女の修行は本当に自分のしたいことなのかどうか、考えたことはある？」

なかった。ただひたすら朱緒に憧れ、要望に応えたい、喜んでもらいたいとの思いだけでここまできた。

うつむく阿多香に、一眞は言った。

「俺としてみないか？　巫女修行とはなんの関係もないところで、自分がどう反応するのか確かめてみたらいい。そのときに感じることが、きっと自分の本当の気持ちだ」

食事は終わって、コーヒーが運ばれてきていた。

心と体がバラバラになって宙に浮いているような、奇妙な感覚がふいに訪れた。目の前の男は固有名詞を失い、まわりの物体といっしょくたになって阿多香の世界から締め出されている。

カップを持とうとしてテーブルの上にのばした手を強くつかまれた。緩慢な視線の移動につれて、心が少しもどってくる。

「下に部屋をとってある」

その言葉に、あらがいがたい欲望を感じた。

無言で一眞を見つめる。浅黒い顔の中から、清潔感のある二重の目が見つめ返してきた。少し厚めの野性味のある唇はまっすぐに引き結ばれている。

阿多香は手をにぎられたまま、ゆっくりとうなずいていた。


高層階の部屋は、くつろぎ感のあるベージュと淡いグリーンでまとめられていた。

壁や家具にこの部屋に泊まった大勢の人々の気がしみ込んでいて、ドアを閉めてもなじむのにしばらく時間がかかる。感覚が鋭敏になってきているのだ。そんなところにも、以前の自分との違いを見出してしまう。

一眞は阿多香の手を引くと、ベッドへ並んで腰かけた。

「まずは、神事で禁止されているキスからはじめよう」

「キス……禁止なんですか？」

「口は特別な器官だからね。巫女の上級者になると、そこから魂のやり取りもできる。三ツ屋は従者だから、口と口は失礼にあたるんだ」

そんなことも知らない自分の未熟さを思っていると、顎を持ち上げられた。

キスは一度しか経験がない。高校の卒業式の日、他県の大学へ進む同級生から突然唇を奪われた。部活が同じで、一年のときは委員もいっしょにやっていた。

スッとかすめるようなキスのあと、彼は「元気でな」と、せつなげに笑って走っていった。

いまはあのときの自分とはちがう。淫らな肉体をもてあます玖奇石の巫女見習い。

だが、どんなに快楽を覚えても、唇は震えていた。

上から見下ろす一眞は、「好きだ」と熱い吐息まじりにささやき、顔をななめに重ねてきた。

緊張で固くなっていた阿多香は抱きしめられ、なにも考えられなくなった。

唇で唇を包みこみ、角度をかえながら深まっていくキスは、激しい酩酊を誘った。

唇が開かれ、舌が絡むと、意識も大きく広がり、一眞の熱い気はますます体にしみ入ってきた。

後頭部に手を添えられ、ベッドへゆっくりと押し倒される。

「嫌なことは嫌と言って」

耳元へささやかれる言葉に、なぜか涙がにじんだ。

バラバラだった心と体が、次第にひとつに重なりはじめる。体はあれだけ開かれても、心は別だったのだと、ようやく気づいた。

体重をかけないよう体をずらして重ねた一眞は、髪やこめかみに優しいキスをくりかえしている。シトラスの混ざったマリンノートが動くたびにゆれる。

阿多香のまなじりから涙が伝い落ちた。

「本当は、君の修行の相手を務めたかったんだ。三ツ屋のあいだではそれが了承されていた。でも、朱緒さんが反対した」

「……先生が？」

涙にふさがれた声で訊く。

「あらかじめ決められているのではなく、君が自ら選び取る形にしたいと言って。せっかく外から招いたのだから、これまでのルールを適用すべきではないということさ」

「そうだったんですか」

「君の力と御筒様のご加護にまかせたんだろうな……。だからこそ、俺は選ばれたかった」

一眞は上半身をわずかに起こし、阿多香を見た。

「朱緒さんが君にしたことは、性行為への抵抗をなくして、自分の可能性に気づかせることだ。まだ最初の扉が開いたにすぎない」

「それは、わかっています。私にはまだなんの力もない……ただの……淫乱」

言葉にしてみて初めて自分の涙の意味を知る。

「性の欲望はすべての源だよ。自分を卑しんじゃいけない。巫女の持つ本当の力を見せてあげるから、もっと君に触れることを許してくれないかな」

阿多香は一眞を見た。逡巡の分だけ長く見つめあう。だが、そのあいだも拒む気持ちはわいてこなかった。

三ツ屋との例会で最初に触れあったときに感じた力強さやあたたかさは、いまも変わらずに伝わってくる。いちど広げた帷子の裾を、「許可なく進めたりはしない」と言って閉じてくれた誠実さも忘れてはいない。

返事の代わりに、両腕を彼の背中へまわした。

「ありがとう」

感動と感謝のこもったかすれ声が耳元でして、あらためて強く抱き返された。

ワンピースを脱がされ、Fカップのブラジャーの肩ひもが落とされると、まわりの景色が見えなくなった。

りんごの花のように白くあたたかい乳房がまろび出る。男の大きな手につかまれてもなお余る豊饒の果実だ。

「きれいだ」

例会でさんざん見ているだろうに、やはり今夜は特別なのだろう。興奮を隠しきれない声でつぶやいた一眞は、すでに硬く立ち上がっている乳首に吸いついた。夕暮れの薔薇のような色合いだ。

思わずのけぞった体は、力強い左腕にしっかりと支えられる。乳房を唇で代わるがわる愛撫されると、もう声が止まらなくなった。

儀式のとき、相手がだれであるかはさして重要ではない。意識しているのは御筒様の気配だけだ。それもまだうまくは感じ取れず、与えられる快楽にほとんど夢中になってしまう。

だが、いま阿多香を抱いているのはたった一人の男だった。

感じすぎることを恥じて、声が小さなものになる。その分内側に閉じ込めた熱が体をめぐって体温を上げていく。

「我慢しないで」と言われて、いっそう頬が染まった。

一眞は首筋から胸へと、ていねいに唇で愛撫していった。

やがて無毛の秘裂を指で割られると、湿った音が聞こえてきた。

「すごいな……もうこんなにとろけてる」

硬くとがった陰核に触れられると、取り繕ってはいられなくなった。

「あ、そこ！　ダメ！」

「いい声だ。もっと聞かせて」

そう言って親指でクリトリスをこする一眞自身、先走りで濡れた太い硬茎を隠せないでいる。

互いに全裸になり、とろけきった女陰に指が二本入ると、たちまち快美な旋律が背筋をかけあがった。

朱緒の指しか知らなかった粘膜が、粗削りな波動にわななく。

「あっ、あっ……もう！」

「ほしい？」

欲望を問われて全身を染め上げた。生身の男根は初めてなのだ。それがどんな感じかも知らずに、飢餓感だけが先走る。

「ほ、ほしい」

こぼれた声はひどく頼りなく、羞恥にかすれていた。

一眞はなにも言わずに抱きしめると、指を三本、四本と増やし、念入りにほぐした。

そして蹂躙のその瞬間、阿多香のなかで光が弾けた。銀色がかった若苗色のなかに、鮮やかな深紅が焔のように立ち昇る。

「痛くない？　大丈夫？」

気づかわしげな声に、小さくうなずいた。痛みはあったが、だからといってやめてほしくはなかった。生まれて初めての圧倒的な快感が体内を駆け巡っていた。

ゆるい律動がはじまると、

「いいよ……すごくきつい」

切羽詰まったような男の声が聞こえ、それは大きな羞恥と喜びをもたらした。

甘美なエネルギーが二人の肉体を循環する。ひとめぐりごとにそれは強くなり、室内の温度も気圧も高くなった。

絶頂の兆しはすぐにやってきた。閉じていた目をうすく開き、首を振って知らせる。

「イキそう？　どんどん締まってきた」

その言い方があまりに淫らで、灯ったばかりの火はまたたく間に燃え上がる。

「イ、イク……イキます！」

言い終わると同時に大きく背をそらした。

強靭な肉の尖頭が最奥を二度、三度と強く突く。それを深く呑み込もうとする自分の体をまざまざと感じながら、いくども震えた。

つぎの瞬間、室内の気があきらかに変わった。

空間自体が大きくうねるように動き、ベッドの二人を取り巻く。阿多香は尋常ではない振動を下腹部に感じ、なんども一眞を締めつけた。きりがなかった。

「ああ、ああ、ああ、すごい！」

恐怖さえ感じるような頂点の持続に、自我が持たなくなる。男の腰に強く足を絡め、背中に爪をたてると、荒い息づかいがさらに高まった。

「来ている」

一眞のその言葉の意味は、阿多香にもわかった。二人の中には、それぞれ男神と女神の気が降りて来ていた。

人間の肉体を借りて神同士が交わる。それこそがこの交歓の目的なのだ。

雄身はいっそう太く力強くなり、腹部が熱くなるほどの気を発している。それを包む淫らな粘膜は悦楽に蠕動し、持ち主の意思とは別に動いていた。

言葉を発する余裕はなかった。一眞は無言で体位を変えると、今度はうしろから打ち込んできた。

あえぎというよりも懇願に近い声がほとばしる。枕に押しつけた横顔には汗が伝い、乱れた髪がひそめた眉を切るように隠す。

儀式のときともまた違う昂りが阿多香を感動させていた。

その状態がおよそ一時間ほども続いただろうか。力を出し尽くした女体がシーツに伏せると、男はその両脇に手をつき、己をゆっくりと抜き取った。

緩慢な動作で二人ならんで横たわる。しばらくは激しい呼吸音だけがつづいた。すでに神の気配はない。

「いらしてたのは、御筒様なの？」

そうではないと思ったが、ほかの神を知らなかった。

「いや……それだけじゃなくて……」

なにかを思い出そうとするような沈黙のあと、一眞は口を開いた。

「たぶん、御筒様の眷属《けんぞく》だ。俺も名前はよくわからない。君のところへ降りた女神様……といっても本体ではなくて影のようなものだけど、それは御筒様だったと思う。でも、俺のところへは別の神様が七柱くらいいらしてたな。途中から数えられなくなってあてずっぽうだけど」

エネルギーの違いは感じ取れた。七柱と言われれば、たしかにそのくらいは来ていたような気がする。

「そんなことがあるの？」

「ある。といっても俺は初めてだ。でも、三ツ屋の選ばれた男たちは必ず知っておかなければならないことなんだ」

向きを変えた一眞は、阿多香を見つめた。

「男神たちは、君と交わりたくてうずうずしてた。入れ代わり立ち代わりきて、女神の乗り移った君を楽しんでいった」

直截的な言いように頬が赤らむ。しかし同時に、それを名誉に思い、楽しんでもらえたことへの喜びが大きく湧き上がってきた。

「よくはわからないんだけど、もしかしたら御筒様というのは雌雄同体なのかもしれない」

「雌雄同体……でも先生と交わるときは必ず男性性なのでしょ？」

「うん。そのときに応じて、自由に変えられるのかもしれないよ」

「変える意味はなんなのかしら」

「俺にはなんとも言えないけど、御筒様ご自身がパワーアップされるためかも。男神たちから発せられた気が、君の中で何倍にも大きくなって新しいエネルギーが生み出されていた……ここから」

そういって一眞が手を当てたのは阿多香の下腹だった。そこは子宮のあるあたりだ。汗の引ききっていない素肌がザワリと震えた。

初めて三ツ屋との例会に臨んだとき、神前での性行為の意味について教えられた。神々が男性の体を借りて巫女と交わるときは、生れ出たエネルギーが天上界へ捧げられるという。

聞いてはいても、実際自分の身に起こってみると、聖なる生け贄にしていただいたことに感謝し、深く祈りたいような気持ちになった。

「まだまだわからないことだらけだ。篤正さんや勘右衛門さんならいろいろ経験もあるだろうし、知識も持っているんだろうけどね。俺もこれから修行だな」

くやしさとあきらめの混ざったひそかな笑みが、浅黒い好漢の顔に浮かぶ。軽くため息をつくと、力強い腕をまわしてきた。

やさしく抱き寄せられるまま、阿多香は身をまかせ、口づけをかわした。

「また、こうして二人で会ってほしい」

すこしせつなさの混じった声のささやきに、小さくうなずいた。

翌週、今度は篤正からの誘いがあった。一眞への思いがふくらむのを感じつつも、今度はなにが起きるのか、それを知りたい気持ちが抑えきれず、阿多香は承諾した。

しかし、玖奇石から二十キロほどはなれた彼の山荘での責めがはじまってすぐに後悔した。

洋風の山小屋を思わせる室内は天井に太い梁が走り、部屋の中央には柱がある。煉瓦で囲まれた暖炉には火が入り、漆喰の白壁がまわりの音を吸い込んで、夜の静けさがたゆたっていた。

中央の柱に裸でくくりつけられた阿多香は、口の中へたくさんのガーゼを詰められた。それだけでも苦しいのに、その上からやわらかな革の猿轡をされる。

「巫女の顔を崩すのはご法度だが、見習いならなにをしても許される」

恐ろしいセリフとともに、鼻にフックがかけられ吊り上げられた。

「ううっ」

おおらかな気高さをもった阿多香の雰囲気が一変する。

無残に上を向いた鼻穴が、暗く光ってみじめな変容を知らしめる。両腕は柱のうしろで手枷をつけられ、両足首も固定されたうえ、胸も二本のベルトで拘束されていた。片手で支えてもあまる乳房が窮屈に飛び出している。

異様なのは、股間の貞操帯だった。硬い革でできたそれは、膣内に挿入された極太のディルドーを押さえ、足の根元にきつく食い込んでいた。

目の前に等身大の鏡がもってこられると、阿多香は柱に頭をこすりつけて声をあげた。股間の苦しさよりも、醜い豚のようになってしまった自分の顔が恥ずかしくてたまらなかった。「見ないで」と叫びたいのに、詰められたガーゼに言葉を奪われ、呻き声しかもらせない。

「今日は催淫剤なしだ。それでも感じてしまう自分を知るといい」

篤正は、高く繊細な鼻梁にかかる眼鏡を指で押し上げると、にやりと笑った。

「うん、んん」

抗議しても、猿轡はぴったりと顔に密着し、開かれた鼻からかすかな音がこぼれるだけだ。

「もうたっぷり濡れているんじゃないかな？　あとで開けてみるのが楽しみだな」

笑う白皙《はくせき》の科学者は、ネクタイをはずしてワイシャツの腕をまくり、乗馬鞭を手に取った。

革のチップで鼻をピタピタと軽くたたかれる。

「豚になった気分はどうかな。醜く取るに足らない存在だと思い知るんだね」

ここも、ここも、と言いながら篤正が打ったのは、つやつやと光って硬く立ち上がった両乳首と股間だった。

「いやらしく肥大して、責めを待ち焦がれている。一眞とはどうだった？　うん？　君のような淫乱は物足りなかったんじゃないのか？」

鞭がさらに強く飛ぶ。内にこもった絶叫が濁って響いた。

腰をゆすって逃げようとするが、柱に固定された体にはしょせん限界がある。乗馬鞭は正確に狙ってきて、乳首は早々に腫れ上がった。

硬い革越しでも股間への衝撃は大きく、そのたびにシリコン玩具が内肉をえぐる。

痛みのために流れる涙は、吊られた鼻の脇を通って猿轡を汚した。

「いい顔だ。みじめで、つらくて、どうしようもないだろう? ほら、もっと豚になれ」

鼻のフックがますます引き上げられ、ちぎれそうな痛みに枷で拘束された足が爪先立った。そのまままさらに鞭打たれる。

「ぐうっ、うぐぅ!」

濁った絶叫は止まらなくなり、痛みで気が狂いそうだった。

腰を柱へ何度も打ちつけると、鞭が止まった。

「限界か」

つまらなそうに言ったサディストは、鼻フックを少しゆるめた。

阿多香はがっくりと首を折る。しばらく泣きつづけていると、内部のバイブが振動しはじめた。

「んん!」

痛みの余韻のある下腹が妖しくうずき、別の感覚が生み出される。この男の前で醜態は見せたくないという意地だけで身を固くしたが、それも長くはつづかなかった。

上を向いて開いた鼻腔で、なんども熱く呼吸する。快感に負けそうになることがくやしくて、あらたな涙が込み上げた。

篤正は頃合いを見計らったように、貞操帯の上から鋭い一撃をあびせた。

「ううっ！」

たったそれだけで阿多香がこらえていたものは崩壊し、甘美な痙攣が瞬く間に全身を駆けめぐった。

苦痛や羞恥から正反対の感覚を得ることに慣れた体は、恥ずかしいほどの悦びを示す。醜い豚顔であることも忘れ、まつげを震わせながら子宮の底から大きく立ち昇る法悦を味わった。

「あさましいものだな。豚なんだからしょうがないか」

篤正が薄笑いを浮かべて侮蔑する。弛緩して動けない阿多香は、眼を閉じてその言葉をかみしめた。

（私は、醜く取るに足らない豚……）

現実の世界で積み上げてきた何もかもが無意味になっていく。聖なる巫女とはかけはなれた存在になって、暗い地の底へと重く沈んでいった。

すると、とつぜん髪をつかまれ、顔をあげさせられた。

「目を開けろ」

支配者の命令に、半分だけ目を開く。目の前には姿見があって、汗と涙でよごれた家畜の顔が映っていた。

ふいに、なんとも名づけようのない解放感が訪れた。「武井阿多香」という自我は霧のように淡く散って、なんの責任も矜持もない漠とした空白だけがそこにあった。

「おまえは豚だろう?」

感情のない冷たい問いに、ゆっくりとうなずく。形のないゆらゆらとしたものになって、ただひたすら命令を待っていた。

手枷と足枷がはずされた。くずれ落ちて自然と四つん這いになった体に、黒革の首輪がはめられる。猿轡と鼻フックはそのままに、鎖のリードを引かれて這い歩く。膝や手のひらに木の床が硬くあたった。

暖炉の前までくると、四つん這いのまま首を固定できる木製の台が設置されていた。足首や膝を固定するベルトもついており、阿多香はすこし首をあげた状態で拘束された。

うしろから見ると、ウエストが両手でにぎり込めそうに細くくびれ、すこし持ち上がった尻の大きさとの対比がきわだっている。身動きするたび、汗ばんだ肌がにじむ光をはじいた。

篤正は背もたれの高い古風な椅子に座ると、貞操帯の黒いベルトでくっきりと二分された尻を乗馬鞭で打った。

つづけざまに打たれて、焼かれるように痛んだが、伏せることさえできない。

「うぐぅぅ」と、畜奴らしく鳴いて涙を流す。なめらかで白い双丘は、重なり合ったチップの痕で赤紫に染まっていた。

「すこし物足りないな」

立ち上がった支配者は、小さなおもりつきのクリップを持ってくると、痛みにあえぐ阿多香の乳首に留めた。

「グウッ!」

ステンレスクリップのバネは強く、親指ほどの大きさのおもりを落とさずしっかり揺らす。打たれていないときも激痛がつづくようになって、阿多香の意識は薄くかすんできた。

乗馬鞭がケインに変わる。皮膚を裂くような鋭い痛みに、喉を引き絞るような悲鳴があがった。

ゆっくりとしたリズムで、しかし確実に打っていく。

「つらいだろう? だが、どんなに嫌でも逃げられない。受けつづけるしかないんだ」

無力であることを告げられると、逃がれたい気持ちが絶望に変わっていく。

ひたすら耐えるよりほかないと自分に言い聞かせ、口の中のガーゼをかみしめて声すら飲み込もうとする。

床についた手を固くにぎりこみ、足のつま先を立てて痛みに揺れる体を支えた。

すると、バイブをはめ込まれた股間に、またひそかな予兆が生まれた。

下腹が小刻みに震えた。ケインの一打ちごとにそれは大きくなり、やがて背中が大きくうねった。

「ううんっ！」

高い声がこぼれた。

「笞でイクのか。ひどい淫乱だな」

学者は嘲笑《わら》いながら、容赦なくケインを振りおろした。

痛みが完全に快感へとすり替わった阿多香は、首枷台をきしませながら体をそらし、硬直した。

くぐもった声が長く尾を引く。それが静まると、がくりと腰が落ちた。

半分気を失ったようになった体からクリップがはずされる。再び血が流れ込む痛みに正気の悲鳴があがった。

枷台からおろされ裏返しされるあいだも、痛みで絶頂した肉体は敏感で、さわられるたびにビクリビクリといやらしくはねた。

猿轡や鼻フックがはずされ、口の中のガーゼが抜き取られると、阿多香はすすり泣いた。異常な状態で極めてしまった恥ずかしさと、まだ続く痛みと絶望感を伝えるにはそれしかなかった。

そうしたことのすべてをわかっているはずの篤正は、なにも言わずにしばらくながめたあと、貞操帯に手をかけた。

「どうなっているか楽しみだな」

人の悪い笑みを浮かべる。

きつく締められていたベルトがはずされ、固い革が開くと、深く挿さったディルドーのまわりには泡立って白くなった愛液があふれていた。

「すごいな。五センチ近い太物のわきからあふれている」

心底驚いたように言われ、唇をかんで羞恥に耐える。そのまま玩具を抜き挿しされると、あまりの拡張感に嬌声を我慢することができなかった。

「ああっ、ダメ！　いやぁ、ゆるしてぇ！」

「では、やめるか？」

手が止まると、とたんに下半身が冷える。それもまた寂しくて、どう言えばいいのかわからなくなる。

「あ、いや！」

意地悪く訊かれて、また泣きたくなった。

「どっちなんだ」

「しょうがないな」

あきれたように言ったサディストは、貞操帯だけを足からはずすと、深く咥え込まれたディルドーはそのままに、白い両足を持ち上げて首台へしばりつけた。両手も台の支柱部分へ固定すると、腰から二つ折りになって、大きく開いた足の間から黒いシリコンの基底部が露出する卑猥な姿ができあがった。

「これで嫌も応もないだろう。好きなだけよがるといい」

嫌味な口調で侮辱しておいて、開いた秘肉が正面に見える位置にあぐらをかく。彼が手にしたのは短いパドルで、それで内ももや外陰部を打ちはじめた。

それだけでも激痛なのに、ディルドーが内部からせり上がってくると、そこも打つ。先端は子宮穴を重くうがち、外皮と内部の痛みで阿多香は絶叫しつづけた。

「また中から淫汁があふれてきた。こんなに好きだったとはね」

内腿は真っ赤になり、外陰部は赤紫色に腫れあがっている。太さ五センチほどのシリコンが抜かれると、肛門から床まで白濁した粘液がなだれ落ちた。咥え込んでいた膣穴はディルドーの形のまま開ききっている。

「ガバガバだな。こんなにゆるくなったら並みの大きさじゃ満足できないだろう」

カチャカチャと金属音がしたかと思うと、半透明のプラスチックグローブをした手で熱くなった性器へ膣鏡が挿し込まれた。

ステンレスの嘴《くちばし》の冷たさに「うう」と呻くと、ねじが回され、痛みを感じるほど開かれる。

「なかも真っ赤だ。これだと七センチは開くからね。伸び切った膣壁に泡立った液が絡みついているのがよく見える」

肉筒内の様子をあからさまに言われ、痛みも忘れて耳まで染めた。

篤正はそこからさらに嘴の先を広げ、奴隷の悲鳴を搾り取った。広げてはややゆるめ、また広げてはゆるめをくりかえし、徐々に膣内を拡張していく。

ときどき陰核を指先で刺激されると、阿多香はいいのか苦しいのかわからなくなって、頭を振りながらもだえた。

「許してぇ！」と叫ぶと、「許さない」と冷たい答えが返ってきた。

「これからが本番だからな」

うれしそうに言った男は、グローブをつけたままの左手にまんべんなく潤滑ゼリーを塗った。

「フィストは初めてだろ?」

「フィ、フィスト……いや! ダメ、そんなのできない! イヤァー!」

強烈な拒否感が沸き上がってくる。拘束された手足をぎしぎし言わせて拒んだが、ぬるぬるとした左手はようしゃなく柔肉に分け入ってきた。

思わず恐怖の叫び声をあげる。開かれる痛みとショックで、なんどもつづけざまに叫んだ。

「四本は楽々入るな。さて、五本目はどうかな」

「ダメ、あっ……ああ!」

メリメリと音がしそうなほど開かれ、阿多香のまなじりから涙がこぼれおちた。

しかし、どれほど拒もうがあがこうが、責め入る手が止まることはない。

やがて、これまでにない絶叫が響き渡った。

ついにプラスチックグローブの手首までが秘肉に埋め込まれ、それが左右にゆっくりとまわされる。言葉にならないこわれた声がとめどなくこぼれ落ちた。

頬を紅潮させ、半分白目をむいた顔は、つくりが上品なだけにかえってむごい印象がある。

「いいね、どんどん締めつけてくる。ラビアが手首にからみついて放さない。欲張りな生き物だな」

こわれてもなお快感をむさぼる体があさましく、阿多香にすこしだけ正気が戻る。

短いすすり泣きをもらすと、篤正は挿し入れた左手を激しくゆすりはじめた。

「ヒッ！　ああっ！」

切羽詰まった声が出て、全身が緊張する。

「ああ、ダメ！　ダメっ！」

腰ごとゆれるほどの振動の強さに膀胱が刺激され、粗相をしそうになった。

サディストは顔色も変えず、無言でゆさぶりつづける。仕方なく訴えた。

「ダメぇ！　おもらししちゃうぅ！」

いい大人が顔を赤くして、子供のように泣きべそをかいた。

「おもらししろ！　ほら！　みっともないところを見せてみろ！」

いっそう強くなるゆさぶりに、とうとう尿道が決壊した。二度、三度と、ゆれるリズムに合わせて小水が吹き上がる。

「ああっ……ああ！」

恥ずかしくてたまらないはずなのに、なにかが吹っ切れたような解放感があった。

出し終わって手を引き抜かれると、その空洞を寂しく感じている自分がいた。

そっとため息をついていると、口の前に汚れたグローブの手がさし出された。

「なめなさい」

「え？」

焦点を合わせてよく見れば、白濁した愛液と薄黄色の尿が混ざって生臭いにおいを放っている。

「……」

なめるなどということはとても考えられなくて、夢中で首を振った。

「なんだ、まだ自分がどういうものかわかってないのか」

とがめるように大きなため息をつき、篤正がかたわらからなにかを取り上げた。鼻フックだった。

「それはいや！」

また豚になるのはいやだった。人間でなくなると、どこか知らない空間へ飛んで行ってしまうような気がする。

だが、「イヤァ！」と拒否する声は、途中から高くなって家畜の鳴き声に変わってしまった。二股に割れた金属のフックが強く鼻腔に食い込み、端は頭上の首台につながれている。鼻穴が広がったことで、生臭さがいっそうひどく感じられた。

「自分が豚だということを思い出したかな？」

問われても「あふっ」という頼りない声しか出ない。

「昔の中国の豚は便所の下で飼われ、人間の排泄物を餌にしていたそうだ。小便くらいどうってことないだろ？」

おそろしい話を聞かされても、逆らう気持ちにつながっていかない。まるで頭のなかまで豚になってしまったようだ。

それでもまだためらっていると、汚れた指が上にむいた鼻の穴や唇を強くこすったり押し込んだりしてなぶってきた。痛みもさることながら、ますますゆがんで醜くなっているであろう自分の顔を思うと、泣き叫ばずにはいられなかった。

「イヤーーーーっ！」

叫べば叫ぶほど、押しつけられた汚い指から、しぶみと酸味の混じったいやな味が流れ込んでくる。思考は遠くへ追いやられ、またなにもない虚無のなかへと落とし込まれていく。

「ほら、しっかりなめとるんだ」

無慈悲な命令に、もうなにも考えなくなった阿多香は、おずおずと舌を出した。ねばつく液をすくうようになめとってすこしだけ飲み込むと、指二本が口をこじ開けて喉奥まで入ってきてた。

「もっとだ。ぜんぶきれいにしなさい」

「はい」と返事する代わりにえずく。なんどもなんどもえずきながら、指の一本一本、手の甲、手のひらまですべてきれいになめとると、ようやく許しがでた。

「よし、いいだろう」

言われても、よく意味がわからなかった。半分だけ開いていたまぶたは、やがてゆっくりと下りてきて瞳を隠した。


気がついたとき、最初に感じたのはやわらかな毛布の感触だった。毛足の長い絨毯の上に寝かされ、厚手の毛布を掛けられているとわかったのは、十秒ほどたってからだった。

鼻フックも、手足の拘束もはずされている。篤正はすこしはなれた椅子で足を組み、阿多香を見つめていた。

「気づいたか。よくがんばったね」

思いがけない言葉に目を見開く。こんな優しい言葉をかけてくれる男だったのかと、急に意識がはっきりした。

「朱緒さんとの修行では、こんな屈辱を味わうことはなかっただろう」

答えを求められている気がして「はい」とうなずく。起き上がろうとすると「そのままでいい」と言われた。

「巫女は清浄なものだ。だが誰よりも性的でなければならない。普通はこれを矛盾に感じるだろう。そうすると女性は悩むようになる。性的な女は価値が低いと一般的には思われているからね。戦前よりはだいぶましになってきたが、それでもそうした考え方はまだ根強く残っている」

そのとおりだった。

「だから玖奇石の巫女は幼い頃から性的な修行をさせられ、下界とは隔絶した山郷で育てられる。世間の価値観に触れないようにね」

なにを言おうとしているのかよくわからず、阿多香はだまって聞き入った。

「しかし、清浄でありすぎてもダメなんだ。もろく弱いものになる。では、強いものとはなんだ。君はどう思う？」

「穢れを知っているもの……ですか？」

清浄すぎてもろくなるというなら、その反対かと思い、答える。

「満点ではないが、いい答えだ」

篤正は目を細めてほほ笑んだ。優雅で端正なその笑顔には、それまでのサディスト顔とはまったくちがうものが浮かんでいた。

「正確には、穢れまでも受け入れられる大きな器をもったものだ。あらゆる価値観に対してゆらがない精神をもち、慈愛で包むことができる人間……いやそれはもう限りなく神に近い存在だが、それこそが巫女のあるべき姿なんだ」

椅子からすらりとした長身が立ち上がってきて、阿多香を毛布ごと抱き起した。長い腕に抱きしめられると、その胸は思った以上にあたたかかった。

「朱緒さんが剛木を受け入れた理由のひとつはそれだ。これまで一般的な社会人として暮らしてきた君を後継者に指名したのも同様の理由だろう。人の世の欲にさらされてもなお、巫女としての資質を保ちつづけたことは称賛に値する。穢れを知っていることと、自分が穢れることとは別の話だからね」

物欲や虚栄心の強い者は力を正しく使えないのだという。

「精妙な気ばかりでなく、荒い波動も受け入れなさい。自分が嫌だと思うことをすすんで体験してみるといい。限界をすこし超えるたび、古い自分が壊れて新しい感覚を感得できる。そうすればもっと高みへいける」

「……はい」

かつてない安堵を覚えながら、阿多香は庇護者の胸に頰をうずめた。

ひと晩を篤正の山荘で過ごし、翌日の昼に送ってもらうと、朱緒が工房の入り口に立って待っていた。

「おかえりなさい」

落ち着いた声のなかにも深い気づかいがあり、阿多香は熱いものがこみ上げる。では、師はなにが起きるかを知っていたのだろうか。

涙ぐむ弟子の肩に軽く手をおくと、朱緒はうしろで見守っていた篤正に声をかけた。

「ありがとう」

そこには送ってくれたことへの単なる礼以上のものがこめられていた。

「いや。憎まれ役は慣れているからね」

「そうね……でも、あなたにしかできないことだわ」

二人は短く笑い、しばらく見つめあった。

阿多香は思わず、二つの顔を交互に見た。そして理解した。

（篤正さんは、三ツ屋と巫女の関係を超えて先生を愛している？　そして、先生もそれを知っている？）

剛木を選んだ朱緒のため、彼は身を引いたのだろう。そのうえで、嫌な役目を買って出ている。

余人にはうかがい知れないつながりを感じ、涙ぐんだまま二人を見つめた。

御土来家と三ツ屋の関係の強さを知ってみると、一眞や篤正の行為がまた別の感情をもって思い出された。四家は魂の一部を共有する一族であることを、はっきりと実感した。

十日ほどして勘右衛門から誘いが来た。場所は、東屋の離れだった。

三ツ屋を統率する立場にある東屋の山科家だけは、玖奇石に常時住むことを求められている。門構えも立派で、瓦屋根の平屋の建物はゆうに百年は超えているだろう。庭も広い。奥殿と工房がないだけで、屋敷の規模は御土来家とそう変わらない。

淡いあずき色に焦げ茶の絣が入った紬を着てきた阿多香は、勘右衛門の妻・冬和《とわ》に案内されて庭の飛び石の敷石を渡った。

四十代半ばに見えるしとやかな妻女は、老い緑のお召に山茶花の帯で、結い上げた髪の襟足をきれいに整えていた。どこからどこまでも高い格式を感じさせる。

「素敵なお着物ですね」と声をかけると、色白の顔が歩きながら振り向いた。

「ありがとうございます」

日本画の美人のような切れ長な目が、美しく微笑む。鼻も口もこじんまりとして、品がいい。三ツ屋の妻に初めて会った阿多香は、以前から抱いていた疑問を思いきって口にしてみた。

「あの……ご主人のお役目は気にならないのですか？」

冬和はふと足を止め、再びゆっくりと振り返った。そのまましばらく黙って見つめてくる。

「あ、すみません。ぶしつけなことをお伺いして……忘れてください」

あわてて顔の前で手を振ると、静かな美貌がかぶりをふった。

「いいえ。むしろお尋ねいただいてうれしゅうございます。いつかお話しできればいいのにと思っておりました」

にっこりと笑った目元に不快さはない。

「私は、なにも知らずに外から嫁いでまいりました。巫女さまとのことを聞かされたときは嫌でしたが、例会の夜、主人は帰ってくると朝まで私を歓ばせてくれました。それはいまも変わりません。この二十八年、言い尽くせないほど大切にされてきたと、心より申し上げることができます。お役目はお役目。私が口出しすることではございません」

ゆるぎない絆と自信に裏打ちされた微笑みが、その顔に広がる。それは「どうぞお気兼ねなく」と言っているようでもあり、阿多香は軽いため息とともに肩の力をぬいた。

築山の向こうに建つ離れ屋は、二間続きの数寄屋造りだった。

奥座敷まで案内してくれた冬和が去っていくと、鉄紺の大島紬を着た重鎮と向き合って正座した。

初冬にしてはあたたかな日で、開け放たれた障子の向こうには枯山水があり、脇には小菊が咲いている。その先は築山の裏側で、母屋は陰になって見えない。

「南屋の一眞と神降ろしをしたそうだね」

「はい……」

それ以上の答えにつまる。なにかに乗り移られていたのは確かだが、それがなんなのかまでははっきりしないのだ。

「私にはよくわからなくて……降りたとしたら一眞さんのお力です」

「いやいや、ふさわしい器をもっていない人間のところに神はお降りにならない。御土来の儀式では女性の力こそが重要でね。男は添え物だ」

言い終わって、勘右衛門はふと宙に視線を止めた。誰かと会話でもしているように、ときどき「うんうん」とうなずき、また正面に視線をもどす。

「たしかに御筒様がいらっしゃったようだね。三ツ屋の守護霊がそう言っている」

「一眞さんは、ご本体ではなく影のようなものだと言っていました……それから、御筒様は雌雄同体かもしれないと」

「雌雄同体というより、最初から性を持たないと言ったほうが正しいだろう。御土来の言い伝えでは、ある混沌があり、まず一《いっ》が生まれ、一は二になり、二から三になったのが世界のはじまりだと言われている。言うなれば、最初の一が御筒様だ。そしてそこから女神と男神がうまれ、その二柱神が人間を産み落としたというわけだ」

その話は世界共通の国生み神話にそっくりだった。

「考古学を学んできたなら、こういう神話にも詳しいのではないのかね？」

考えていたことを言い当てられ、阿多香は控えめにうなずいた。

「神様はふさわしい場と資格を持った人間がいれば降りてきてくださるが、以前話したように、なんの修行も積んでない者はなかなかそれに耐えられない。影というのは当たっている。ご自分を少し和らげたうえで入っていらしたようだ」

「先生なら、ご本体がいらっしゃるんですね」

勘右衛門は無言でうなずいた。

「例会のときは、まさにそうだ。並みの巫女なら自我を保つのは難しいが、あの方は自分をすっかりなくすということがない。だからこそ真の預言を受け取れるとも言える。しかし、それにしても……」

いかつい顔にふっと笑いが浮かぶ。

「神というのは人間よりも好色でね。肉体のない気の塊のような存在だから、実感がとぼしいのだろう。生身の肉体の感覚はめったにないごちそうのようなもので、条件さえ整えば無制限にいらっしゃる。私は笙華様のお相手をして、二十一柱にこの体をお貸ししたことがある。三十年も前の話だがね」

「に、二十一柱……ですか」

信じられない思いで目の前の壮年男性を見つめた。五十八歳といっても、勘右衛門はまだまだ生気にあふれている。実年齢より十歳は若いのではないだろうか。

「私は七柱でもフラフラでした。一眞さんは無尽蔵の精力が与えられたような感じだったと言っていましたが、受ける女性はかなり消耗します。笙華様は大丈夫だったのでしょうか」

「いやいや、最後は気を失われ、気がつかれてからも丸一日起き上がれなかった。新たなエネルギーは女性の気を使って生み出されるからね」

「新たなエネルギーは神々に捧げられると伺いましたが、今回もそうだったのでしょうか?」

「うむ」と勘右衛門はうなずき、「神々にとって人間の気は、精妙な気ばかりでは得られない特別な力が湧くようだね」

彼はまたなにかの言葉を聞くように、宙へ視線をあそばせた。

「ほう……神々が降ろせと言ってうるさいようだ。だいぶ気に入られたようだね」

おかしそうに笑って阿多香を見る目は、「どうする?」と問うていた。

「そうですね……」

すぐにはうなずけなかった。ここで彼とするのかと思うと迷ってしまう。三ツ屋との例会以外で行為をすることに心がついていかない。

篤正とは厳しい責めのみだったから、ためらうことはなかった。やはり一眞とは特別だったのだと、いまさらながらに思う。

だが、ことわってしまっていいものかどうかもわからなかった。

迷ってうつむいたままでいると、勘右衛門が声をかけてくれた。

「神降ろしは肉体を使わなくてもできる」

「えっ？　どうするんですか？」

思わず前のめりになる。肉体を交えたくはないが、神降ろしはまた経験してみたかったし、それこそが巫女の本業なのだという気がする。東屋の答えはあっさりしていた。

「私が中継するんだよ」

言われた意味がよくわからず、浮かしかけた腰をそのままに首をひねった。

「着ているものを脱いで、そこへ横たわりなさい」

「は、はい」

とまどいながらも従う。

勘右衛門は立ち上がり、障子を閉めて戻ってくると、再び元の場所に正座した。

紬を脱いだ阿多香は、それを布団代わりに広げると、肌襦袢まで脱ぎ落して横たわった。三ツ屋の前で裸身をみせることには、もうほとんど抵抗がない。

障子越しのやわらいだ光が、ゆたかに隆起する胸やくぼんだ臍の陰影を映し出す。暖かな日だとはいえ、さすがにすこし肌寒い。乳首が恥ずかしく立ってしまう。

「ますます肌艶がでてきたね。西屋の責めの痕も消えたようだ」

篤正とのことを知られていると思うと頬が赤らんだ。

「ああいった苦痛も好みのようだね。これからが楽しみだ」

言われただけで思い出し、会陰が固くしまって腰が浮き上がる。

と、突然、覚えのある感覚が股間に舞い降りた。

「あああっ!」

「さすがに早いな、もうおいでになったようだ」

信じられないことだったが、阿多香の体はすでにコントロールが効かなくなっていた。全身がうっすらと汗ばみ、淫らな気分が一気に高まる。恥丘を突き出すと、すぐにジンとした快楽のしびれに見舞われた。

胸の高さに右手をあげた勘右衛門は、小さな円を描くように動かす。そこからは質量のある気が勢いよく噴き出してきて、神の乗り移った女体を犯した。

第三者がその場にいたら、男はただ手をかざし、女が勝手にのたうちまわっているように見えただろう。陰部から繰り返し立ち昇ってくる淫楽の柱は熱く全身を貫き、阿多香はもがくように手足をうねらせた。

半分我を失って膝を立て、腰部を持ち上げると、頭と肘だけで体を支えるブリッジのような恰好になった。自分からそうしているのではなく、そうせざるをえないのだ。そのうちにまた腰が降り、両手が自然と秘裂に伸びる。指をかけて思いきり開くと、濡れそぼった粘膜の内側があらわになり、膣穴が三センチほども開いた。内臓をさらって頭まで突き抜けるエネルギーに、大きな悲鳴をあげるほどもみくちゃにされた。

「もっと……もっと、たくさん入れてぇ！」

実体がないぶん、締めつける力が空振りする。肉筒は手ごたえを求めて何度も収縮し、もがくたびにクチュックチュッという音と衣擦れが混ざり合った。

相手が父親ほど年の離れた勘右衛門だったこともあるのだろう。ほかの男には感じない甘えが阿多香のなかに芽生え、欲望も素直に口にしていた。

「いやぁ……たりない」

「生身がほしいか」

腹の底から響くどっしりとした声に、頭のなかがしびれる。一眞以外は嫌だと思っていたのに、激しい欲望に貞操が塗りつぶされていく。唇をかむが、陰部はますます熱く疼き、泣き声のような細い悲鳴を絞り出す。

「ほしいっ」

聞き取れないほどの声でいちど口にすると、あとは歯止めが利かなかくなった。

「入れてっ！　入れてください！」

阿多香は起き上がると、盛り上がった大島紬の前を割り、ごつごつとした岩のような肉塊をにぎりしめた。

「ほう、これはまたはしたない」

たしなめられて一瞬羞恥心が湧き上がったが、満たされたい気持ちのほうが勝った。おあずけを恨む子犬のように鼻を鳴らすと、許しも待たずに口にふくんで舐め上げた。

性器からの気の突き上げと、口中の生身の男根とが体の中心でつながり、得も言われぬ愉悦の波が全身に広がる。

「はあ、っん……」

口技の間にも快美な気は高まりつづけ、あえがずにはいられなくなった。

勘右衛門は阿多香の髪をつかむと、己を口中深く挿し入れた。

気道をふさがれるほど太いものが喉を犯す。ガーゼを詰められるよりも数倍苦しい。

だが、そそがれる気が外へもれることはなくなり、内部に破裂しそうなほど充満した。

「ん、ん、ん!」

自分がどうなってしまうのか恐ろしくなり、伝えようとするが、古びた木の根のような大きな手はしっかりと髪をつかんだままだ。

声がいちだんと高くなる。もうダメだと思った瞬間、目の前で金色の光がはじけた。

同時に精液も発射され、開かれた喉は音をたててその濃い液体を飲み込んだ。

すべてはなすがままであり、気配が去ったときにはわずかな力も残っていなかった。

一眞と体験したときよりも、はるかに衝撃が大きかった。

体を起き上がらせることができたのは、それから一時間ほどたってからのことだった。

妻に温かなタオルを持ってこさせた勘右衛門は、自ら阿多香の肌をぬぐってやり、襦袢と長着を着せかけた。

「ありがとうございます」

「湯を使わせてあげたいところだが、お屋敷へ戻ってからのほうがいいだろう」

「いえ、これで充分です」

午後四時をすぎた部屋の中は、エアコンが入っていて心地よい。

「いまの三ツ屋のなかで、笙華様のお相手を務めたことがあるのは私だけだ。初めての例会でおそわったのが、この気を使った観想交だった。そのときは未熟ながらも一柱の神を降ろしたが、朱緒さんとはまた違った美しさと迫力に圧倒されたよ」

重鎮らしい勘右衛門の話に、阿多香は引き込まれた。巫女には「様」をつけて呼ぶ慣習だったが、当代になってからは亡くなった巫女だけに「様」をつけるようになったのだという。

「滝行や座禅が表の修行だとするなら、こうした性体験は裏の修行だ。五歳から始まるその手ほどきを笙華様にしたのは私の親父だった。いっしょに風呂へ入りながら遊びを交えて小さい体を慣らし、悦びを教えていく。ときには泣いて嫌がるのを押さえつけ、挿し棒を入れたこともあったそうだ。すべては玖奇石のためと、覚悟を決めて臨まなければ神事はできないとも言っていた」

巫女の運命を背負わされた子の痛ましさに、胸が疼く。そんな幼い頃からの修行に、自分だったら耐えられただろうかと、ふと思う。しかし、そう思うそばから陰部が潤うのを感じた。

おそらくは、それが巫女なのだ。これこそが巫女の証《あかし》なのだ。

「神が人間に感じられるような現れ方をするにはいくつもの段階を踏んでこなければ

ならない。御筒様のもっとも精妙な本体はさっき話した混沌から生まれた一だ。一眞も説明したようだが、御筒様は裏の世界の要《かなめ》なのだ」

表が地道につづれ折りの道を登って山頂にたどりつく方法だとすると、裏は険しい崖をいっきに駆け上るようなやり方なのだという。犠牲は大きいが、得られるものが桁違いなので、昔から権力者のあいだでひそかに言い伝えられてきた。

「玖奇石が滅びれば、御筒様は出所を失ってこの国を去ってしまわれるだろう。神が現れる理由は、そこにふさわしい依《よ》り代《しろ》がいるという一点につきる。われわれは、この場と巫女を失ってはならない。でなければ国全体に影響が出る」

ともするとおおげさな滑稽話のようでもあるが、淡々と語る口調には重い危惧がこめられていた。そして、半年近くを玖奇石で過ごした阿多香の本能は、それが真実だと告げていた。

「時代は変わる。そして人も変わる。だが、この玖奇石だけは変わってはならないのだよ」

千年を超える巫女たちの歴史が自分の身に染み込んでくるのを感じ、彼女はめまいを覚えた。

第六章　魂の真実と愛

数日後の夜、ご神託を希望する客が御土来家を訪れた。保守党の幹事長や大臣を歴任してきた大物政治家・江木原誠十《えぎはらせいじゅう》である。いまは表舞台から身を引いているものの、いまだ大きな勢力を持ちつづけている老爺だ。そして、車を運転してきたのは朱緒の父・杉沢英介だった。

「お客さまをご案内してくるときは、必ず英介さんが運転してくるのよ」と教えてくれたのは初子である。

秘密の漏洩を防ぐためであろうが、父親として娘の様子を見に来るという目的もあるのだろう。二重のすずしげな目元や通った鼻筋、全体の怜悧な雰囲気などが朱緒とよく似ている。清潔感のある端正な容姿は多くの女性有権者を惹きつけていた。

明るい枯れ葉色の着物に紅花で染めた帯という姿でお茶を持っていった阿多香は、

客たちに紹介された。

「染織の弟子でもありますが、いずれはともに巫女を継いでくれる者としても期待しています」

これまでもご神託や祈祷を頼みにきた客は何人かいたが、巫女の後継として紹介されたのは初めてだった。

あわてて頭を下げると、二人の男の視線が強くそそがれるのを感じた。

「ほう、これはまた良い娘さんがいたものですな。まだ女子学生のように初々しい。なるほど」

「うんうん」とうなずく気配がして頭をあげると、江木原が「たのみましたよ」と話しかけてきた。表情は柔和だったが、目には鋭い光がある。値踏みされていると思ったが、いまはまだ巫女として誇れるものがほとんどない。

「はい、精進いたします」とだけ答え、再び頭を下げた。

視線の端でとらえた杉沢は、安堵と優しさのまじったまなざしで阿多香を見つめていた。

部屋を下がって台所へ戻る途中、詰めていた息を一気に吐き出した。後継者として認知されたからには、もう後戻りはできない。覚悟はしているつもりだったが、いざとなるとやはり不安がわきおこる。

性の鍛錬だけしていればいいというものでもないだろう。自ら神とつながり、声を聴けるようにならなければなんの役にも立たない。

「これからよ」

「えっ？」

語りかけられた気がして振り向くが誰もいない。お盆を抱えたまますこし戻って長い廊下の突きあたりまで見渡してみるが、やはり人影はなかった。

空耳かと思って引き返そうとしたとき、ふいにあたたかな気配が阿多香を包んだ。気で人を区別することはできるようになっていたが、師匠とも三ツ屋ともちがう、もっとやわらかく大きく深みのある気配だった。

目を閉じると、不安や焦りが鎮まっていく。代わりに希望や元気が明るい光となって射し込んできた。

「あなたは大丈夫」と言われているような気がして、阿多香は自然と口元をほころばせていた。

「きみは大丈夫」

今度は現実の声だ。振り向くと、杉沢だった。奥殿へ行く江木原と朱緒を見送って、応接間を出てきたものと見える。

「あの……」

とっさにはうまく言葉が出ず、言いよどむ。長身の彼は数歩でそばにくると、「庭へ出ないか」と誘った。

十一月の玖奇石の夜は、厚手のコートが必要なくらい寒い。しかし、前を歩く上質なスーツの背中は、ゆうゆうと山の冷気を分けていく。

泉の脇までくると、縁を囲む大きな岩に、それぞれ腰かけた。

「寒くないかな？」

気遣ってくれる低い声に、「大丈夫です」と、はにかみながら答える。

山から流れ落ちてくる細い滝音と木々のそよぎ、そして湿気を含んだ夜の香りが二人を包む。梢が切り取る天空には、冴えざえとした星々が輝いていた。

「私が笙華を初めて見たのは、ここだったんだよ」

「そうだったんですか」

プライベートなことを話しはじめた杉沢に少し驚きながらも、阿多香は強く興味をひかれた。朱緒の母というだけでなく、巫女の慣習に逆らって情熱的な生き方をした一人の女性として尊敬し、その生涯をもっと知りたいと思っていたのだ。

彼は語りだした。

「当時、御土来の巫女となるべき女の子は学校へ通っていなかった。小学校四年のとき、村のすべてをにぎっている神秘的な存在にどうしても会ってみたくなってね。大人たちが知ったらバチが当たると大騒ぎになっただろうが、私は夏休みのある夜明け前、山の尾根から回って首尾よくここまでたどり着いた。そして、あそこの岩陰にかくれて彼女が沐浴にくるのを待ったんだよ」

笑いながら言って指さしたのは、山際に生える楓の根元の岩だった。

「夜明けとともにわずか八歳の笙華が一人でやってきた。帷子のまま水の中へ入ると、滝の下に立って祈りはじめた」

細い滝とはいえ、その水圧に子供の体でたえるのはかなりの気合が必要だ。そんな所業を毎朝こなしていたのかと思うと、驚くほかない。

「首をたてているのも大変そうだったが、小さな体からあふれ出る力は圧倒的だった。細かな水滴があたりに飛び散って木の葉が揺れだし、朝陽が射し込んだとたん、泉に虹がかかって金色に輝きだした」

素晴らしい力を持っていたということは聞いていたが、桁が違う。それに比べれば自分はなんとありふれた人間なのだろうと、阿多香は深くうなだれる。

「私は思わず息をのみ、笙華も私に気がついた。そのまま二人してしばらく見つめあい、子供だったにもかかわらず互いに唯一無二の存在だと直感した。ここでは、笙華のほうが私を追ってきたということになっているだろうが、違うんだ。私が彼女をそそのかした」

「えっ！」

「その後、私は都心の私立中学に進んだから月に一度の逢瀬しかできなくなったが、巫女が囚われ人のような暮らししか許されないことや、三ツ屋ではない私に彼女を連れ出すチャンスがないことも腹立たしかった。夜明け前のわずかな時間に人目を避けて会い、人として幸せになるべきだとなんども話して彼女を説き伏せた」

言葉を切った杉沢の横顔には、回想の笑みが浮かんでいる。

「綿密な計画を立てて十七歳の彼女を連れ出し、せまいアパートでこの腕に抱いたときは、この世でいちばん幸福な男だと思った。親からは勘当されたし、生活は苦しかったがね」

「笙華様も、後悔なさらなかったんですね」

「してたとしても、顔には出さなかったよ。外の世界に驚き、さまざまなことを心から楽しんでいるように見えた。妊娠したときは、親友のお母さんに力を借りた。産婦人科医だったんだ。笙華はめったに涙を見せなかったが、無事出産が終わったときばかりは大泣きした」

杉沢は星空を仰いだ。

「なにがあっても彼女と朱緒を護ろうと、私は固く誓った。バイトをふやし、大学の授業は休みがちの上にほとんど寝る間もなかったが、つらいと思ったことはなかったなあ」

貧しくても幸せだったのだろう。気鋭の政治家のまなざしはおだやかだ。

「玖奇石があんなことにならなければ、そのまま添い遂げただろう」

「笙華様もおつらかったでしょうね」

「災厄と母親である詩珠様の死が彼女に別れを決めさせた。私の勘当を解き、自分が巫女に復帰しても三ツ屋との子は設けないことを条件に、ここへ戻ってきたんだ」

別れのときを思い出したのか、彼は顔をふせた。

「どうにか引き止められないかと、さんざん話し合ったよ。だが彼女の決意は翻《ひるがえ》らなかった。短い間だったが自分は信じられないほど幸せだったと、三つ指をついて頭を下げ、誰か別の愛する女性を見つけて結婚してほしいと私に言った。ふざけるな、と思ったよ。そんなことをするものか、見くびるなと怒鳴ってしまった」

髪に白いものが混じる五十一歳の男から、緑青色の強い精気がほとばしった。

「しかし、あなたがそうするのは運命なのだと……妻をめとって子をなすことが自分と朱緒を護ることになるのだと、彼女は泣きながら言った。いままでいちばん信じたくない巫女のご託宣だったな」

軽い笑い声をたてると、杉沢はふと口をつぐんだ。拡散していく緑青色に、優しい朱鷺《とき》色がきらめきながら混ざり込んでいく。

「予言どおりになったのは、彼女の死後だ。なにかに導かれるように政治の世界へ入り、有力議員の娘と結ばれ、三人の子を授かった。妻は聡明でおだやかな女性でね、笙華を愛したときのような情熱はないが、心から尊敬しているし大切に思っている。結果的に玖奇石へ貢献できてもいるしね」

「玖奇石に戻ってからの笙華様は、わが子を祟りの子にしたくないがために心血をそそいでお勤めをなさっていたと伺いました」

「朱緒と私を護るために、彼女は命を削って務めを果たした。凶事がおさまり、以前の玖奇石が戻ってきたことで、三ツ屋はようやく〝とがめなし〟とした。私の勘当も解けて、朱緒は正式な巫女の後継者になった」

淡い朱のきらめきが強くなって、あたりをほんのりと照らしはじめた。

「君も気づいているだろう。さっきから笙華がきてくれている」

杉沢の言葉に、やはりそうだったのかとうなずく。

「さきほど廊下で声をかけてくださったのも、笙華様なのですね」

「そうだ。私が玖奇石へ来ると、かならず会いにきてくれる。君のこともいつも見守ってくれているよ。なにしろ、彼女のもう一人の娘だからね」

「……え?」

「私とのあいだに、本当はもう一人娘が生まれるはずだったんだ」

阿多香は言葉を失い、彼を見つめた。

「だがその前に離れてしまったから、生まれ出ると決まっていた魂を、一族のうちの一人の女性に託した。もちろん、その女性は笙華から託された魂だなんて知らない。愛する人との間にできた可愛い我が子として産み、育てたんだよ。ご両親に大切に育てられたと、君を見ればわかる。いい親御さんなんだろう?」

朱鷺色の靄が二人を濃くとりまく。ふいに涙があふれた。

「私……」

あとが続かない。画廊での出会いや、さまざまな修行や神秘的な出来事がいっきに押し寄せ、大きな感情の波に揺さぶられていた。

杉沢が立ってきて、抱きしめてくれた。

本来、父となるはずだった人の胸に身を預け、阿多香は静かに涙を流した。

武井の両親のことは大好きだ。娘ののんびりした性格をおおらかに受け止め、慈しんでくれる。山里の工房へ住み込みの見習いに行くと話したときも、内心は心配だったろうが「がんばってこい」と送り出してくれた。真実を知ったいまも、感謝しかない。

だが、もういままでと同じ気持ちで帰ることはできないだろう。こんどこそ完全に親離れし、自分の道を歩んでいかねばならない。

夜、客が帰ったあとで、杉沢が語ったことを朱緒に告げた。

「先生は私が来ることをご存知だったのですね」

いまとなっては、あれも偶然とは思えなかった。いや、そもそも正社員となれずに、あまりやりがいのないバイトをせざるをえなかったところから、すでに運命だったのかもしれない。

「いずれ出会えるとは思っていたわ。でも、それがあの個展だとは知らなかった」

自分のことはあまり霊視しないようにしているのだと言う。「そんなになにもかもわかってしまったらつまらないでしょ」と笑う。

「魂の姉妹だったとしても、同じものに興味があるとは限らないわ。両親から受け継ぐ遺伝子や育つ環境のほうが、ずっと強く影響するものだから。でも、あなたは私の作品に惹かれてきてくれた。うれしかったわ」

言葉どおり本当にうれしそうに語る朱緒は、初めて見るような優しい笑顔だった。

「先生……」

ふたたびこみ上げるものがあり、阿多香はいそいでまばたきをする。

「それに、こんなに可愛い妹で……」

美しい手が頬にふれてくる。

「あの夜は、剛木とこれからのことをずっと話していたの。感激と感謝で眠れなかった」

ほほえみといっしょに流れ込んでくるあたたかなものにたえきれず、とうとう涙があふれた。

「父も母も、自由に生き方を選べたとは言えないけれど、できるかぎりのことをしてくれた。あとは私たちががんばるだけ」

「はい！」

頬にある手に、自分の手を重ねる。

朱緒はそっと阿多香を抱きしめ、しばらくそのままでいてくれた。

ようやく泣き止むと、腕の長さだけ離される。

「一眞さんとは、その後どうなの？」

急に話題が変わってとまどったが、本物の姉の気づかいを感じた。

「あの、とくには……。メールのやり取りはあるんですが、二人で会ってなにかするという感じではなくて」

ホテルの夜から一ヵ月ほどがたっていた。阿多香のほうが、そのあとつぎつぎに篤正や勘右衛門と会ったこともあって、特別な逢瀬はしていない。

だが、三ツ屋と巫女について知りたいことがあれば必ず彼に訊いたし、雑談もビデオチャットでよくしていた。

「そう……彼、本当にあなたを大切にしてくれているのね」

それは強く感じていた。子供の父親に自分を選んでほしいと言ったからには、もっと強引に誘ってきそうなものだが、そんなそぶりも見せない。

篤正や勘右衛門とのあいだに起きたことも話したが、むしろ巫女としての成長を喜んでくれた。

恋愛経験がほとんどない阿多香のことを、優しく見守ってくれているのだろう。その懐の深さに感謝していた。

魂の秘密を知って以来、阿多香は毎朝泉で沐浴し、朱緒とともに奥殿や岩屋での勤めをおこなうようになった。巫女としての進歩には目覚ましいものがあった。以前よりも明確に神々の存在がわかるようになり、肉体から魂を遊離することもできるようになったのだ。

「もともとそうした力を持っていたのよ。でも、普通の人たちに交じっても生きやすいように、自分で封じていたようね。その必要がなくなったから、これからはもっと目覚めていくでしょう」

その予言どおりときどきは御筒様の声を聞き、少し先のことなら正確に読めるようにもなった。そしてあらたな役目として、巫女がひと晩岩屋へこもる「筒ごもり」の後見《こうけん》を勤めるよう申し渡された。

「筒ごもり」は、立春・春分・夏至・秋分・冬至の年五回行われる。季節の節目は運気の変わりどきであり、安泰と豊穣への感謝の祈りが欠かせない。巫女は御筒様をお祀りした岩屋にひと晩こもるのである。

後見は前の広場にかがり火を焚き、火を絶やさぬようにしながらまわり歩く。直径五メートルほどの円を、白装束に緋色の裳をつけ、榊を胸の前にかかげながら、神楽鈴を鳴らして一歩一歩確かめるように歩むのである。それは邪気を近づけぬためであり、巫女に助力するためでもあった。

初めて勤めたのは冬至だった。無言でまわっていると木々のさざめきに混じって、朱緒の祈りの声がかすかに聞こえてきた。

冷えこむ晩だったが、ひとまわりするごとに阿多香の体には神気が満ち、体外へ揺らぎ出る。寒さはまったく感じられず、かがり火のほか灯りはないというのに、周囲が明確に感じ取れた。

それは一種の瞑想であり、世界を形作る宇宙が、言葉ではなく感覚としてとらえられるのだ。時間と空間の仕組みもおぼろげながらわかってきて、冬至、立春と後見を勤めるうちに、岩屋内の師と意識をぴったり合わせることもできるようになった。

巫女となるためにはもっともっと感覚を広げ、体内の気を練り上げて強化していかなくてはならない。神によりよい気を捧げるためにも、男性の陽のエネルギーをそそいでもらう性行為は特に重要だった。当然、週にいちどの三ツ屋との例会はさらに濃厚なものとなった。

立春から二週間ほどたった雨水《うすい》の日の奥殿で、二人の巫女が頭を突き合わせるようにして四つん這いになっていた。朱緒のうしろには篤正が、そして阿多香のうしろには一眞が控え、己自身を深く女体に埋め込んでいる。

抜き差しするたびに、直腸へ入れた五個の薬玉の凹凸が粘膜越しにあたる。薬玉は直径四センチ近い白檀の木玉に媚薬を染み込ませたもので、されるほうも同じ刺激を味わうことになる。薬と男根とで熱を持ったむずがゆさが下腹にたまり、二人を激しく乱れさせていた。

束ねた髪のおくれ毛が唇に入って、阿多香のかみしめた白い歯の間からこぼれる。朱緒の閉じた瞼は薄紅色に染まって震えていた。

さきに音《ね》を上げたのは阿多香だった。

「ああっ！……もうっ」

「つらいか？」

尋ねる一眞の声も、荒い息にかすれている。

「一眞、まだ許すなよ！」

そう言う篤正も、汗まみれだ。

阿多香が封印を解き、力を発揮しはじめたことで、例会のたびに水盤の水がこぼれるほどの気が渦巻くようになった。朱緒は二人の性エネルギーをひとつにし、男たちの体を借りている神々へ返す。神々はそれをとりこんで味わい、さらに精妙なものにして人間たちの上に降りそそいだ。

したがって別々に責めることはまれで、たいてい二人同時になる。三ツ屋もより緊密な連携が必要となり、一人巫女のときより多くの精力が投入された。

四つん這いの次は、横向きだった。寝そべった巫女たちは組み合わされた勾玉のように互いの口をそれぞれの性器に寄せ、上になった片足を梁から吊り下げられる。たちまち、そこに太い気の柱が立ち昇った。

勘右衛門が朱緒の女筒へ翡翠の張形を突き入れ、一眞が阿多香のそれに紅玉の亀頭を押し込むと、気柱はらせん状になり天井を突き破らんばかりに圧力を増した。

クチュ、クチュ、ズチュ……剛木と篤正に頭を支えられ、二人の巫女が互いの陰核を吸い、なめ、歯を立てる。上品な外見とは不釣り合いなほど大きくなった二つの肉蕾は、真っ赤に充血している。

「あ、はあっ……うう、せ、先生！」

阿多香にはとても長くは耐えられない責めだ。だが、口を離して懇願すればまたルビーのディルドーで奥を深くうがたれる。ねじりながらなんども突き込んでくる一眞に容赦はない。耳元では勘右衛門のあやつる翡翠の責め棒がいやらしい音をたてている。淡い緑色の表面には白濁した朱緒の悦蜜がからみついていた。

「うう」

思わず涙をこぼすと、篤正から叱声がとんだ。

「もっとしっかり歯を立てて、同じように責めないと意味がない」

泣き言を言ったとしても、股間からはとめどなく淫水があふれ出ていた。体は頭を裏切って悦びつづけている。翡翠とルビーのエネルギーは巫女たちの体内を循環し、立ち昇る気の柱は緑と赤のらせん模様を描きはじめた。

朱緒がひときわ強く吸った。阿多香もこらえながら同じ強さで吸い返す。その瞬間、なんの前触れもなくいきなり絶頂が訪れた。

声をあげる暇もない。ただ唇に力をこめ、夢中で吸いつく。頭の内圧に気が遠くなり、極彩色の世界へ放り込まれた。

汗で光る二組の乳房はこきざみに揺れる。背は朱緒のほうが高いが、胸は阿多香のほうが少し大きい。

腰も不規則に痙攣して、膣は玉器を咥えこんだまま固く締まっていた。

二つの尊い肉体は吊られた足ごと硬直していたが、やがて同時にガクリと頭が落ちた。

いちど気を失うと、回復するのに時間がかかった。それだけ絶頂の規模が大きく、体に負担がかかっているのだ。

だが、正気づけば、阿多香はまたほしくなった。責められれば許しを乞うというのに、身体は貪欲に求めていた。ひと晩じゅうあらゆる肉穴を開かれ、壊れるまでなぶられたいと思ってしまうのだ。

朱緒もそうなのかどうか、恥ずかしくて訊いてみたことはないが、巫女の能力が開花するにつれて飢餓感は強くなった。

剛木の縄が胸の前で交差され、乳房が絞り出される。腕は後ろにまわされて縛られ、脚は大きく開かれてM字に固定された。そのままつま先がつく程度に梁から吊るされる。

篤正が命じた。

「尻に入れた薬玉を出しなさい」

それは縛られたままで排泄して見せろということだ。

見れば朱緒も同様に縛られている。二人は背中合わせで、距離は二十センチも離れていない。互いの震えさえ感じ取れる。

「はあっ」と苦し気に息を吐く音が背後から聞こえてきた。体中を染め上げて、唇をかみしめているさまが目に見えるようだ。

阿多香は一眞を探した。彼は男たちが作る半円の端にいて、じっと見つめている。優しさよりは獣欲のまさった猛々しい顔が、恥じらいを被虐の炎に変えてくれた。細く鋭くなんども息を吸い込んで、抵抗をあきらめる。すると腹腔の塊が動いて菊花が開いた。

毛氈の中ほどに敷かれた帷子の上で、二人の美しい巫女が次々に丸い木の玉を産み落とした。

冴えた美貌と愛らしい童顔が、羞恥と苦悶に眉をよせ、それぞれに呻く。互いにしみひとつない白い柔肌が紅潮し、淫らに震えながら粘液をあふれさせる。こげ茶色の薬玉は生き物のようにぬらぬらとした光を放った。

二人はいつしか背中を寄せ合い、指先を絡めあっていた。

最後の玉を出し終わったとき、水盤が激しく波立って気の圧が高まった。

「もっと……高く……」

朱緒の絞り出した言葉の意味を剛木は正確に聞き取り、すぐさま立ち上がった。大股で歩み寄るとたくましい両腕で吊り縄を力いっぱい引き、二人の体をそれぞれ二メートルほどの高さまで上げる。食い込む縄に、苦悶の二重奏が響いた。

そして、それは高く吊られたことだけが原因ではなかった。二つの膣口が徐々に開きはじめたのだ。それはまるで神が下から両手を突き上げているかのようだった。

神のこぶしは巫女のやわらかな入り口をこじあけ、薄紙のように引き伸ばしていく。避ける寸前まで広げられた肉穴からは透明な粘液が二本の細い滝のように糸を引いてしたたった。

二人は、子宮を揺さぶられるような衝撃を感じていた。体中が痛いはずなのに、それが甘くとろけるような快感に変わっている。感覚が解放されて肉体と外界の境目があいまいになり、もっと深く、激しく広げてほしいという強い欲望だけがある。

背中で絡めあった指に力が入った。頭を互い違いに寄せ合うと、汗でぬれた髪がそれぞれの肩にかかった。

膣は限界まで広がったかと思うとやや収縮し、また広がる。さらにはいびつになって、入り口の柔肉が奥へ引っ込む。見えない手にこねられているかのようだ。

それにつれて、吊るされた体がゆらゆらと揺れはじめた。二つの濡れた唇が開いて、甘い苦悶のあえぎをこぼす。淫らな供物たちには、もはや自我がない。あえぎが悲鳴となって、甲高い咆哮に変わった。見れば、M字に開いた脚のあいだの腹部がふくらみはじめていた。

「二柱、いや三柱か」

つぶやいたのは勘右衛門だ。篤正も驚きをかくしきれないように言う。

「これだけ同時というのは初めてだな」

一眞は無言で、ただ見入っていた。

通常、巫女と神が交わる場合はいちどに一柱だけだ。それが同時に三柱も交わり、大量の神気で子宮がふくらむほどになっている。

水盤はやかましいほど水音をたて、神楽鈴は経机の上で跳ねまわって鳴りやまない。うずまく濃い気のために、室内がゆがんで見えている。

やがて、二つの股間から潮が吹きあがった。普通の潮ではない。大量の気の噴出だ。金のきらめきが放物線を描いてあたりにまき散らされる。男たちは内側から力がみなぎってくるのを感じ、膝を折って頭をたれ、神秘の気を存分に浴びた。

三ツ屋の役割は巫女を護り、奉仕することにあるが、見返りに男としての活力と運気を下賜《かし》される。じかに奉仕する者はもちろん、三家全体の家運が上がるのである。

産まれるのはほとんどが男子で、これまで一族の者たちが経済的に困ったことはない。社会的地位も望むものが与えられた。

精力をかなり消耗する役目ではあるが、三ツ屋の男たちはほとんど長寿をまっとうし、穏やかに旅立っていく。敬う気持ちをもって誠心誠意巫女に尽くせば、はかりしれない恩寵があった。それは、神と人間の取引といったようなことではなく、遠く引いた波がまた大きく寄せ返すのと同じ、自然の摂理なのだった。

温気の上昇した奥殿で、男たちは体の底から突き上げてくる圧力を感じながら、射精せずに硬さを保ちつづけた。縄を解かれた巫女たちは高いレベルの悦楽状態から降りることなく絶頂をくりかえし、あたりは男女の体液と汗で息苦しいほどだった。

しかし、誰もそれを意識することはなかった。もはや神の領域へと滑り込んでいたのである。

それは新しい玖奇石のはじまりだった。これまで複数の巫女が同時期に務めたことはなく、ある程度以上の総合力はあっても、できることには一人ひとりばらつきがあった。それを補う意味でも複数の体制は望ましい。

純血にはこだわらないという筐華のまいた種が、ここでもうれしい発芽を見せたことになる。

実際、互いに作用することで二人の力は増していた。三ツ屋の男たちも、それは同様だった。

いまは災厄を予言して、それを避けるよう忠告することしかできないが、災厄そのものをいずれは食い止めることができるかもしれないと、朱緒は語った。そうなれば初代の伝説を再現することになる。

阿多香は急激な力の増大で、ときおり熱を出して寝込むこともあったが、治るとさらにうまく使いこなせるようになっていた。

例会のあった菜種梅雨《なたねづゆ》の深夜、阿多香の部屋には一眞がいた。雨水の衝撃的な例会があってから、あとはいつも泊まっていくようになっていたのだ。理由は、「たりない」からだった。

気を失うほど三ツ屋に責められても、目が覚めてしばらくするとまた潤ってうずきはじめる。そんな淫らすぎる巫女の股間に、彼は気づいてくれた。

ホテルで処女だった体を開かれて以来、二人だけで営むことはなかった。例会だけがその場であり、最初はそれで充分な気がしていたが、しだいにもどかしくなってしまったのだ。

二月も末のある夜、いっしょに下がってもいいかと朱緒に尋ねると、微笑んでうなずいてくれた。例会以外でのプライベートな時間の大切さを、誰よりも知っているのは師だった。

今夜も、両頭のディルドーで二つの女陰をつなぎ、四つん這いになって乳首に錘《おもり》をつけられ、かわるがわる口へ突き込まれる三ツ屋の肉牙に「お勤め」をした。

巫女の気は二倍になって、神々との交歓も激しいものになったというのに、終わって三十分もすると欲望がじわじわと湧き上がってきた。若さといえばそうなのかもしれなかったが、巫女としての魂が肉体をせきたてているようにも思えた。

一眞に抱きかかえられるようにして部屋へ戻ると、灯りを暗くした布団の上に座らせられた。

まずは口の中にガーゼをつめられる。そして、その上からひとつ結んでこぶを作った手拭いで猿轡をかまされ、さらにもう一枚、手拭いで鼻の下から顎までおおわれた。部屋は離れていても、朱緒や剛木、初子に、たとえ呻き声ひとつでも聞かれたくないのだ。

息苦しくなると、いっそう内側が燃えあがる。両手首を縛られて頭の上に挙げさせられ、肘をまげた状態で腰にまわした縄に結びつけられると、もうなにもかもが彼のなすがままだった。

いまは巫女と三ツ屋ではない。ただの男と女……いや、支配者と奴隷だった。それが二人でたどりついた快楽の形だったのだ。

横たえられた女体の秘裂を、荒淫の疲れも見せずに男の長い指が探ってきた。

「よくほどけている。熟れた桃みたいにグズグズだ」

わざと卑猥な言い方をして、音を立ててかきまわす。羞恥に身をよじった。

「あれだけこねられたのに、締まりのいい膣だな。もうこんなに指を食い締めてくる」

あまりにも直截的な言い方に、阿多香は自分が物扱いされているような気分になった。例会でこんな扱いをされることはない。

だが、それがかえって甘美なおののきを呼んだ。すべてはこのために、支配者のために作られているのだと、ゆらぐ意識が切り替わる。

「………っ」

これまでとはちがう鼻音がこぼれた。現実が戻りきっていない頭の中がほろほろと崩れ、当たり前のように足を開く。もっと奥深く呑み込みたかった。

「いい反応だ」

満足げに言った一眞は指を引き抜くと、そそりたつ己に手を添えた。直径五センチはありそうな太く濃い色の表面に、血管がくっきりと浮き上がっている。この数カ月でさらに硬度が増したものを、勢いをつけて打ち込んだ。

「っ！」

あまりにも強靭な凶器の衝撃に、下腹部全体が収縮する。最奥は堪えがたい痛みを訴えてくる。しかし、内部からは一気に淫水があふれ出た。例会のあとらしく、白濁して濃い。

奥を何度もえぐられると、奴隷の束ねた黒髪が打ち振られ、乱れて肘をおおいかくした。

苦痛と快楽で上気した目元から涙がこぼれ落ちる。男は正常位から騎乗位へと体位を入れ替えた。

上に挙げられた華奢な体は、自分の重みでさらに肉剣を呑み込むことになり、痛みでしばらく動きが止まる。唯一呼吸をゆるされた鼻腔からは、息がせわしなく出入りした。

少しでも楽になろうとした体が傾くと、腰をがっちりとつかまれた。

「逃げるな」

自分の意思などまったく無視されたやり方だったが、そのとてつもない無力感がかえって阿多香を酔わせていた。なにもできない、されるがままの空っぽの器に、一眞という熱い精が注ぎ込まれてくる。温度のない寂しい空間が満たされ、得も言われぬ安堵が全身を包んでいた。支配はそのまま愛だった。

「腰を振って」

そんな命令にも素直に従い、不器用に腰を揺らす。内奥の痛みは痛みとしてあったが、それとはまた別の感覚が、氷が溶け出すように下腹部から染み出してきた。

太い親指でクリトリスをなぶられると、乳房を揺らして身をうねらせた。

「猿轡がなければ、大声をあげていただろうな……可愛いよ。もっと責めてやりたくなる」

執拗にこすられ、はじかれ、つままれて押しつぶされた。陰部にあふれた粘液が肌と肌のあいだで卑猥な音を立てる。つらい悦虐に、奴隷は朦朧として目は半開きだ。

我を失いかけたところで、尻たぶをピシャリとたたかれる。

ハッと目を見開くと、日に焼けた手で乳房がわしづかまれた。男の手でもつかみきれない豊かな白い果実が、不格好にひしゃげる。

「……っ……っ……っ」

口の中いっぱいのガーゼをかんでこらえていると、乳首をつままれた。その先の責めを思って、思わず腰を引くと、

「動くな！」

厳しい声が飛んだ。

「いいと言うまで、絶対に動くんじゃない」

支配者は「壊してやるから」と、欲望にかすれた声でささやきながら、親指と人差し指にはさんだ両乳首を平らになるまでつぶした。

「……っ！」

何度もひねりながら、それがくりかえされる。

男の腰の両脇に膝をついたまま、一ミリも動かぬよう全身に力を入れるが、顔に血が上って、ますます意識にかすみがかかる。

刺激でふくれあがった乳首は強く引っぱられ、ひねられ、中心に爪を立てられた。爪は肉蕾に食い込んだまま数回横にすべり、溝ができたところで先端を薄くとらえ、刻むようにつぶしていく。

頭のうしろにある手をぎゅっとにぎって耐えるが、ほっそりとした胴が小刻みに震

えだすのまでは止められなかった。

一眞は腰をゆっくりとまわした。阿多香の体内が硬さをすこしも失わない肉棒で撹拌され、すでに痛みのある子宮口が無情にもこすられる。

動くなと命じられているにもかかわらず、腰が浮きそうになる。それを察した彼は、すかさず奴隷の鼻をつまんだ。

分厚い布越しにわずかな空気しか吸えず、すぐに苦しくなる。痛みを逃すためには、頻繁に呼吸する必要があるというのに。

「もうダメ」と言うかわりに小さく首を振ると、「動くなと言っただろ」と叱られた。

男の腰が一定のリズムで突き上げはじめた。十回ほどで、いちど鼻を解放される。いそいで息を吸うと、それだけで気が遠くなった。

「こうやって、なにもかも管理してやりたい。呼吸も快感も排泄も飲食も言葉も……そういうのが好きだろ？」

突き上げながら意地悪くクスリと笑う一眞の声に、阿多香のすべてがほどけて崩れ、霧散した。

また鼻をつまれながら、こくり、こくりと何度もうなずく。猿轡の上からのぞく大きな目に涙が浮かび、目じりからつぎつぎとこぼれ落ちる。

役目も人生も放棄し、ただただ従うだけの性奴隷になることは、体も脳も沸騰して蒸発してしまうほどの法悦だった。

すべての刺激が快感と二重になって体に映し出される。

どんなに痛くても苦しくても、けっして動かなくなった従順な奴隷の乳首に、支配者はかみついた。硬直して自分から息を止めたその体を強く抱きしめ、なんどか限界までかみつぶしたあげく、乳首の表皮を薄くかみ切った。

「……っっっ！」

激痛にのけぞる背中を折れるほど抱きしめ、強く血を吸う。やっと口を離したとき、性奴は気を失っていた。


都心のホテルでの最初の交歓からは想像もできない営みだった。

しばらくして軽く頬をたたかれた阿多香は、長いまつげを重たげにまたたかせた。

「大丈夫？」

耳元で優しくささやく声に、まっすぐな黒髪を小さく振る。すでに猿轡ははずされていた。

一眞は安堵のため息をひとつつくと、筋肉質な腕で護るように小柄な体を抱き寄せた。

もう支配される時間は終わった。体の底の飢えが、たっぷりと満たされたことを確かめる。

「……ねえ」

尋ねる阿多香の声は寝起きのようにけだるくかすれていた。

「うん？」

「もとから、こういうやり方だったの？」

篤正の嗜虐性はわかっていたが、一眞までこれほどだとは思っていなかった。二人だけで過ごすことが多くなって初めて知ったのだ。彼は笑って答えた。

「三ツ屋の男たちはほとんどがこうだよ」

抱きよせられていた分厚い裸の胸から思わず顔を上げた。

「えっ……と……あの、篤正さんがそうだというのは知ってるけど、勘右衛門さんも？」

精悍な顔がますますおかしそうにゆるむ。

「奥さんの、冬和さんに会っただろ？」

うなずくと、耳に唇が近づいてきた。

「あの人、クリトリスとラビアにピアスを七つつけて、左の乳房には刺青《いれずみ》もしてる」

「ええっ！」

今度は顔を三十センチほど離して、一眞を凝視した。

「東屋の土蔵のひとつは責め専用になってるんだ。例会がある夜、冬和さんは首輪をつけられて、勘右衛門さんが帰ってくるまでそこにつながれている」

磔にされたり、縛られて転がされていたり、ペット用の狭いゲージに入れられていたり、やり方はそのときどきなのだという。

ディルドーやアナルビーズを入れられ、貞操帯で締め上げられているときもあれば、二リットルのぬるま湯を浣腸されてプラグをはめられているときもあると聞いて、責めの余韻が残る奴隷の体は震えた。

「その状態で二、三時間待つわけだよ。そして夫が帰ってくると、どんなに苦しくても〝ご主人様お帰りなさいませ〟と言って笑顔を作る。何度か誘われていっしょに責めたことがあるんだ。浣腸プラグのときは脂汗を流してうなっていたし、目がどこかへいっちゃってたな。もとが上品な人だけに衝撃的だったよ」

一眞は阿多香を再び抱きよせた。

「信じられない」

離れに案内してくれたときの自信に満ちた微笑みを思えば、うなずけない話ではなかった。しかし、そのような形の絆とは思いもよらなかった。

「俺も最初は唖然とした。だけど、これが勘右衛門さんのけじめのつけかたなんだと思った。朱緒さんにはけっしてしないことを奥さんにはするんだ」

冬和は茶道の家元の娘で、二十歳で嫁《か》してきて男の子を二人産んだ。そして彼らが共に大学へ進んで夫婦二人だけの生活になった六年前、ピアスと刺青を施された。日々の和服もそのときからで、現代的な下着をつけないため、胸や股間をすばやくむきだしにできる。主が望むときに望む場所で体をさし出す性奴隷を、実生活でも実践しているのだ。

「刺青は、入れた日の日付と勘右衛門さんの名前が入ってる。絵柄は龍と桜で、龍は乳房の上でうねって、心臓のあたりで口を開けているんだ。勘右衛門さんの左の肩から二の腕にかけても、龍の絵柄と冬和さんの名前が入っている」

妻にとっては生涯性奴として仕えると誓った日付であり、夫にとってのそれは、誰となにをしようと、龍は、命も捧げますという意味なのだろう。心臓を呑み込もうとする龍は、おまえだけが俺のもの、そして俺はおまえだけのものという強い意思表示なのだ。

「篤正さんは？」

「あの人は結婚していない。朱緒さんひとすじだ」

「それも、すごい」

「そうだね。俺にはまねできないよ」

それは愛する女性をほかの男にゆずって、それでもなおそばにいて尽くすという態度のことだろう。

「篤正さんは、それで満足なの？」

「あらたまって訊いてみたことはないけど、そうなんだろうね。嫌なら、西屋のほかの人に代わってもらうこともできるんだから」

三ツ屋の男たちは、ただ盲目的に巫女に仕えてきたのではなかったのだ。御土来家の記録には、歴代の三家の代表者と巫女の父親としての名前しか残っていないが、血の通った人間として苦しんだことも多々あったのだろう。

「その意味では、剛木さんも普通では考えられないような立ち位置にいる。ストイックさでは西屋に負けてない」

「本当ねぇ……でも、たぶん……あの形が先生にとっても最善なんだと思う」

阿多香は「俺のくだらない人生も、先生に出会って初めて意味のあるものだとわかった」と言ったときの剛木を思い出していた。

「俺は巫女の君もそうでない君も独占したいよ。もっともっと支配して、泣かせて、悦ばせたい。例会での神域交歓はもちろんだけど、二人だけのこれを失いたくない」

髪に顎をうずめて強く抱きしめてくる一眞を、阿多香もまた抱き返す。

「私も……あなたにずっと命令してほしい」

胸の中から濡れた瞳で熱く見上げると、唇がおりてきて深く重なった。

巫女修業はすべて順調だったが、染織家として技術を磨くことにもいっそう熱が入っていた。「姉」とともに仕事をするという未来のイメージが、阿多香を発奮させたのだ。

かつては俗世での経験が巫女の力を鈍らせるとされていたが、神からの預言を正しく理解して伝えたり、心身のバランスをとるのに有効だと、朱緒が証明した。過去のどんな事例も参考にならないまったく新しい時代が、この玖奇石にも来ていた。神が降りる場としての聖性を保つため、そして巫女が時代にふさわしい力を持つため、変えるべきところは変えていかなければならなかった。

春に開かれる伝統工芸の公募展「新伝承展」に応募したいと師に申し出ると、「いいわね、やってみなさい」と励ましてくれた。

応募する作品には、宇宙からもたらされる吉祥《きっしょう》を織り込んだ。なにがあったとしても、阿多香はやはり「光」なのだ。草原の風やあたたかな陽光や小さな命への慈しみこそがその本質だった。

太い玉糸でうねりを出しながら、曙光の茜色にかすかな藍や若緑を走らせた、畳一畳分の美しいタペストリーは、「新伝承展」で佳作に入った。

入選が知らされた夜は、初子が腕によりをかけて祝いの料理を作ってくれた。朱緒も剛木もめずらしく酒を飲み、本当の家族のようになごやかであたたかな宴になった。

第七章　聖なる郷の春

　フリーの編集者である日根良和《ひねよしかず》は、暇つぶしに入った展覧会でよく知っている名前に出くわした。

「武井阿多香……こんな名前、ほかにいるわけないよな」

　一人でぶつぶつ言いながら、無精ひげの生えたあごに手をやる。荒れた生活と、四十三歳という年齢のせいでシワの寄った口元には、次第に薄笑いが浮かんできた。

「どこへ行ったのかと思ったら、こんなところに商売替えか」

　日根は、阿多香の元同僚だった。

　背はそれほど高くないが骨太で横幅がある。手入れのされていない硬い髪と濃いひげは、ワイルドを気取っているようだが、ただだらしないとしか見えない。太い眉の下のぎらつく目にはなんとも言えない陰険さがある。本人は、無能な上司に我慢ができず会社を辞めてやったと吹聴しているが、本当のところは彼自身の横柄な態度が原因で首になったのだ。

もてないくせに女好きで、在職中は阿多香になみなみならぬ関心をもっていた。彼女の天然すれすれの人のよさは仕事を押し付けるのにちょうどよかったし、細身のわりに胸が大きく、顔も若手女優のようで初々しい。ちょっと強気に出れば落ちるとあてこんで告白したが、予想外にふられてしまった。

「なんなんだ、お高くとまりやがって」と舌打ちし、以後は嫌がらせで面倒な仕事ばかりまわした。会社は辞めてしまったが、恨みはいまも消えていない。あわよくば弱みでもにぎって、強制的に性奉仕させようかともくろみ、彼女の所属する笙流苑という工房を調べはじめた。

しばらく検索するうちに面白い記事を見つけた。それは「衆議院議員・杉沢英介の隠し子か?」というもので、証拠もろくにない伝聞記事だった。女性有権者にも受けのいい人気政治家へのやっかみから書かれたものだろうが、杉沢がときどき通っているという場所が笙流苑のあるあたりだった。

人の弱みに付け込む者特有の勘の良さで、「これはなにかある」と当たりをつけた。彼の出身地が玖奇石であることや若いころの逸話などを探り出し、やがて大学時代に同郷の女性と同棲していたことをつきとめたのである。

さらに、つてを頼って政治に詳しい知り合いの記者から聞き出した話が興味深かった。与党の政治家たちや経済界の大物までもがたびたび玖奇石らしき場所を訪れているというのだ。詳細はわからないまでも「すごいネタを手に入れたかもしれない」と舞い上がった。

「とりあえず、もっとネタを仕込まないとな」

御土来朱緒が契約している画廊を調べ、アポをとって青山までたずねていくと、オーナーの入沢は愛想よく迎えてくれた。名刺をわたしながら、有名な出版社の女性誌『ロマネラ』で記事を書いていると言うと、大げさなほど関心してくれた。

「ほう、女流工芸家の特集記事とはまた優雅ですなぁ。この出版不況にさすが大手はちがう」

「いやいやどこもかつかつですよ」

大手出版社の下請けで記事を書いているというのは嘘ではなかったが、たった一回だけで、それも風俗嬢の「いやな客アンケート」という単純な仕事だった。フリーになったはいいが仕事をとるのはむずかしく、「かつかつ」とは日根自身のことだった。

「朱緒さんは知る人ぞ知るというたぐいの染織家でしてね、女性ながら山里にこもって孤高の道を歩んでおられます。もちろん、作品は素晴らしいですよ。私はもっと売り出したいんですがね、本人がこのままでいいとおっしゃる。もったいないことです。それはもうびっくりするような美人でしてね、もっと世に出ればそっちのほうでも話題になるでしょう」

「そんなに美人ですか」

日根がむさくるしい顔を突き出すと、入沢はわずかに身を引き「ええ、そりゃあもう」と請け合う。「そっちも狙うか」と不埒なことを考えながら、さりげなく「お弟子さんがいるでしょ」と言ってみた。

「ああ、ええ、去年入った若いお嬢さんね」

「じつは私、たまたまその作品を見ましてね……ええと、武井さんと言いましたか」

「そうです、そうです。彼女もまた才能豊かですよ。試作品をいくつか見せてもらいましたが、色使いがいい。初めて出品した新伝承展でも、みごと佳作ですよ」

つるりとした卵のような顔を振って、画廊のオーナーはしきりに感心した。

「ついでに言えば、武井さんも美しい。師匠が温室で大切に育てられた豪華な蘭だとすると、お弟子さんのほうは、深山に咲く山桜ですかな。楚々としてかぐわしいが、一本筋が通っている」

「美しさ」を表現する言葉が、さすがに豊富である。しかし日根にはどうでもいいことだった。

「お二人とも取材したいと思っているのですが、御土来さんのほうは杉沢英介氏の娘さんだそうですね」

カマをかけると、入沢は心底驚いた。

「ええっ？　いや、それは初耳ですなあ。そんな話は聞いたこともない！」

「ご存じありませんか」

「お母さんと暮らしていたとは聞いていますが、父親がだれかは知りませんよ。そんなことを訊くのも失礼ですからね」

暗に日根の無作法をとがめる口調で言って、それきり口をつぐんだ。

もうすぐ梅雨に入ろうかという玖奇石のバス停に、一人のよそ者が降り立った。展覧会から今日までの一カ月半、工房と朱緒について徹底的に調べあげた日根である。とはいえ、隠し子がいるらしいという例の記事以上のことは、けっきょく出てこなかった。玖奇石出身という三十代の男性に会うことはできたのだが、よく知らないと言って、迷惑そうに首を振った。くいさがったが同じことで、どの情報もある地点までいくと、ぴたりと扉を閉ざされたように行き止まりになる。

杉沢まではたどり着けなくても、阿多香をものにするだけなら「すべて知っている」ふりをすれば充分だと踏んで、乗り込んで来たのである。

「しかし、おっそろしく静かな村だな。だれも通りゃしねえ。限界集落なんじゃねえか」

ひと月ポケットに入れっぱなしのハンカチで首の汗を拭きながら、スマホのナビでそれらしいところへきたものの、驚くほど時代がかった豪壮な屋敷しか見当たらない。仕方なく立派な冠木門をくぐり、玄関まで進んだところで中年の女性に呼び止められた。

「あの、どちらさま?」

「ああ、すいません。私、こういう者で」と言って名刺を出す。

「プレスリード代表?」

「フリーの編集です。以前、武井さんと同じ出版社で働いてまして」

「ああ、武井さんの」

納得したように、ふくよかな顔がうなずく。

「どんな御用です？」

「『ロマネラ』で女流工芸家の特集記事を組むことになりまして、展覧会で彼女の作品を見かけたものですから、ぜひ取材させていただけないかと」

「武井さんだけでよろしいんですね」

「あ、いや、できれば御土来先生にもお会いしたいのですが」

相手の反応をうかがいながら頭を下げる。中年女性は無表情だったが、

「武井さんなら工房ですよ。先生のこともあちらで訊いてみてください」

そう言って、屋敷の裏へまわる道を指し示した。

「ありがとうございます」

日根は愛想よく礼を言うと二、三度お辞儀し、庭の小道に足を向けた。


工房の電話が鳴って、阿多香がとった。かけてきたのは初子で、怪しい男が訪ねてきて工房へ向かっているという。名前を聞いて、眉をしかめた。

あいにく朱緒も剛木も不在のため、一人で対応するしかない。ほどなく入り口を開ける音がして「ごめんください」と声がした。入ってきたのは、以前よりりむくんで、

すさんだ日根だった。

「武井ぃ、久しぶりだなぁ。そういう作務衣も似合うな」

黄ばんだ歯を見せてなれなれしく話しかけてくる声は、酒とたばこでガサついている。しわだらけのカーキ色のシャツと膝が抜けたベージュのチノパンからは汗臭さが漂ってきた。

「お久しぶりです。よくここにいるってわかりましたね。だれかから聞いたんですか?」

せいいっぱいの皮肉をこめて言うが、鈍い男で気づかない。

「いや、なんとか展で佳作とっただろう。あれを偶然見たんだよ。おまえ、すげぇな。出版社やめたの去年だろ? 一年もたたずに入賞か。すげぇよ」

それで祝いに行ってやらなくちゃと思ってきたと言うが、そのすべてがうさんくさい。

「それだけですか?」

「いや、まあ、それだけじゃないけどさ。なんだよ、つんけんすんなよ。久しぶりに先輩にあったんだろう? 茶ぐらい出せよ」

「それは失礼しました」

会社時代からなんとなく信用できない男だった。楽して得することしか考えておらず、めんどうな仕事を再三押しつけられたことも忘れてはいない。

阿多香は油断なく身構えつつ、茶をいれた。

「裏山でとれる薬草のお茶です。元気になりますよ」

なんの感情も込めずにいうと、日根はちょっと顔をしかめた。

「なに……薬草茶？　もっと普通のはねえのかよ」

「母屋にならありますけど、行って帰って十分以上かかりますよ」

「ああ、じゃあいいよ」

うんざりした顔で一口飲んだ男は、「うえぇ、まずい」と言いたい放題だった。

「で、本当の目的はなんなんですか？」

頃合いを見計らってそう訊ねると、日根は「ああ」と言って咳ばらいをひとつした。

「まあ、そのなんだ。もう一回おまえと付き合えないかと思ってさ」

「もう一回って、いちども付き合ったことありませんよね」

「いっしょに飯食ったろうが、二回も」

「あれは単なる同僚として、でしたよね」

念を押すと、下卑た笑いを浮かべた。

「単なる同僚って、おまえ。女が同じ男と二回も飯食ったら、そりゃオッケーってことだろう」

「はあ？　そんな身勝手な解釈聞いたこともない！　だいいちあれはほかの人も来るって言うから行ったんじゃないですか。だまされただけで、好んで食事したわけじゃありません。通じるわけないでしょ！　バカじゃないの！」

阿多香が本気の怒りを見せると、日根は急に態度をやわらげた。

「まま、それはいいや。だれでも見解の相違ってやつはあるし、昔のことは忘れよう。それよりいまだ」

たばこを取り出そうとするから、「ここは敷地内全面禁煙です」と言ってやる。彼はしぶしぶしまいながら、「あいかわらずでかい乳だな」とぞっとするような仕返しをしてきた。

なにか反応するのもしゃくで無視していると、やおらスマホを取り出した。

「こういう話、知ってるか」

示された画面には「衆議院議員・杉沢英介に隠し子か」という見出しがある。

「それがなにか」

顔色も変えずに言ってやると、「これだけじゃないぜ」と、汚い歯を見せる。

「杉沢は、ときどきここへ通って来ているそうだな。俺の調べたところじゃ、学生時代にここの娘と同棲してたっていうじゃねえか」

それでも阿多香は動じなかった。その程度なら、学生時代の友人などに聞けばわかるだろう。子供はいなかったと言えばすむ。騒ぐほどのことでもない。杉沢と話して真実を知ってからというもの、なにがあっても秘密はもらすまいと肚を据えていた。

「まだあるぜ」

いっこうに効き目がないとみて焦ったのか、日根は切り札を出してきた。

「大臣とか経済界の大物がここへ来るだろう。杉沢が娘に接待させてるんじゃねぇかって噂があるんだよ。すげえ別嬪らしいな、その娘」

口からでまかせだとは思ったが、大物が通ってきているという噂の出所はさぐっておかなければならない。

「だれがそんなことを言っているんですか?」

「へえ、やっぱりな。あれは本当か」

「本当だなんて言ってません。いい加減な嘘を広められたら迷惑だから、情報源を教えろと言ってるんです」

「おまえ、口の利き方に気をつけろよ。俺が、隠し子は事実でしたって書けば、世間じゃ飛びつくぜ。いまじゃ党の顔って言ってもいいくらいの人気政治家に隠し子！実の娘の体で地位を買うってな」

耳障りな声でひとしきり笑うと、卑劣な男は急に真顔になった。

「師匠が大事なんだろう？　作品に一目ぼれして押しかけ弟子になったって、展覧会の受賞者コメントに書いてあったな。青山の画廊でも聞いたぜ。あんなに心酔している弟子はいまどきめずらしいってな」

そういって肩を抱いてくる。

「お前の師匠が杉沢の娘かどうかは関係ない。そう疑われるだけでえらい迷惑だろう。そうだという証拠もないかわり、そうじゃないという証拠もない。そういうおいしい話に、マスコミはしつこいぜ」

蛇が獲物をじわじわとしめつけるように、ねばつく口調がつづく。

「いい女になったな。目つきが前より色っぽい。おまえもだれかに可愛がられているのか」

耳元へかかる臭い息が不快で、阿多香は湿った熱い体を突き飛ばした。

そこへちょうど朱緒が帰ってきた。

「どうしたの」

いつもの落ち着いた声だ。特段あわてているようすもない。

振り向いた日根は、一瞬言葉を失った。

柿色の作務衣に藍染めの前掛け。無造作にまとめ上げた長い髪。おくれ毛にかこまれた凛とした美貌は、どんな男をも圧倒せずにはいない。

「お客さまのようね」

「は、はい」

ホッとしたものの、なんと説明したらよいのかわからず、言いよどむ。

すると薄汚い男がにやけた顔で自己紹介した。

「私は武井君の元同僚でしてね、展覧会で入賞した作品を見て懐かしくなり、訪ねてきたんですよ」

日根と申しますと言いながら出した名刺を、朱緒は受け取った。

「そうでしたか」

「それでですね、せっかくこんな山のなか……あいや失礼、こんな自然豊かな素晴らしい場所へ来たので、二、三日ゆっくりしたいのですが、どこか泊まる所はないでしょうかねぇ」

「それでしたら、うちへお泊りください」

「先生！」

阿多香は思わず師の袖にすがった。目顔で「ダメだ」と言って首を小さく振る。

朱緒は「いいのよ」とにっこり笑い、招かれざる客に向き直った。

「母屋へご案内しましょう。どうぞこちらへ」

「すいませんねぇ」

先にたって歩く清らかな後ろ姿を、日根はいやらしい目で見ながら追っていった。

「どうして……」

阿多香が茫然としていると、裏山へ行っていた剛木が工房へ戻ってきた。

「なにかあったのか」

「え？」

「気が乱れている。だれか来たのか」

「それが……」

日根の素性も目的も、すべて剛木に話す。「どうしよう」と言って阿多香は泣きそうな顔をした。

「先生が泊めると言ったんだろ？」

「そうです」

「じゃあまかせておけばいい」
「そんな！」
「大丈夫だ」
剛木は軽く言って、ちょっと唇の端を持ち上げた。

夕食は妙な雰囲気だった。日根は出された酒をさもしくがぶがぶと飲みまくり、よくしゃべった。

驚いたことに、いつもは無口な剛木が彼の相手をしていた。愛想がいいというのでもないが、さからわずうまくしゃべらせている。酒を注ぐタイミングも絶妙で、男同士にしかできない付き合い方だと、阿多香は内心舌を巻いた。

場所をダイニングから応接間へ移すと、朱緒は「私は仕事がありますので失礼します。阿多香もいらっしゃい」と言って連れ出してくれた。

すでにろれつがまわらなくなっていた日根は、「武井、明日、明日な。忘れんなよ！」と、わけのわからないことを言った。おそらく付き合うかどうかの返事をしろという意味だろうが、相手にする気はない。

答えもせずにドアを閉めると、「おい、お前！」と怒鳴る声が聞こえてきた。しかし、すぐになだめる声が割り込み、笑い声に変わる。

阿多香は廊下を歩きながらため息をついた。朱緒はくすくすと笑った。

「剛木にまかせておけば大丈夫よ。彼はいくら飲んでも酔わないの」

「本当にお強いですよね。それはびっくりしましたけど……けど……大丈夫でしょうか？　めちゃくちゃ嫌な奴で、私が断ったらあることないことといろんなところでしゃべると思うんです。杉沢先生はとても有名な方ですし」

「あなたも巫女の端くれなんだから、もっと自分を信じなさい」

「え？　どういうことですか？」

ますます不安が増して聞き返す。

朱緒は「フフフ」と謎めいた笑みを浮かべ、「おやすみなさい」と言うと、自分の部屋へ引き上げていった。

「お……おやすみ……なさい」

わけがわからないまま頭を下げるが、やはり落ち着かない。しかし、あれだけの力を持った師匠なのだ。なにか考えがあるのだろうと思い、自分を無理やり納得させた。

布団に入ってもなかなか眠れずにいた深夜。遠くで応接間のドアが開いて、日根の半分眠っているようなうなり声と、剛木の低い声が聞こえてきた。別翼の客間へいざなっているらしい。

物音が消えてやっと静かになると、阿多香は布団の中でつめていた息を吐いた。客間は離れているし、あれだけ酔っている男になにかできるはずもないとは思うのだが、気分の悪さはぬぐえない。

もぞもぞ寝返りを打つと、障子をそっとあける音がした。

さあっと全身が粟立つ。すぐさま上半身を起こし、「だれ！」と鋭く問うた。

廊下の人影は「俺だよ」とひそめた声で答えてきた。つけた枕灯のなかに浮かび上がったのは一眞だった。

「えっ……どうして」

「朱緒さんが連絡をくれた。君を護ってくれって。仕事があってこんな時間になっちゃってすまない」

近づいてくると、スーツからいつものマリンノートが香った。阿多香は体の力を抜き、胸に抱きしめていた掛布団を放した。

「よかった……」

「大変だったね」

ことのあらましを聞いているのだろう。一眞はそう言って布団のかたわらに膝をつき、寝間着にしている浴衣姿の阿多香を抱きしめた。

すぐさま裾を割って、骨ばった手が入り込んでくる。いそいで手首をにぎって止め、ひそめた声でたしなめた。

「待って！　今日はダメ。あいつがここに泊ってる」

「知ってる」

なんでもないことのように言うと同時に、ますます足のあいだへ入り込む。

「いやよ……とてもそんな気になれない」

「こんなに濡れてるのに？」

指を挿入され、もう反応していることに自分で驚いた。

「うそ……」

「粘膜が喜んでからみついてくる。いつもと違う状況に興奮しているんだろ。なんならそいつに君の声を聞かせようか」

「そんな、やめて」

拒む声もどこか弱々しく、あらがえない甘美な震えがにじむ。

「猿轡はナシだ。自分でこらえなさい」

すでに支配者になった男は、あいているほうの左手で浴衣の襟を片方ずつ大きく開いた。丸く真っ白な肩と、細い体に不釣り合いな大きさの乳房がこぼれでる。ふっくらとした唇を無言でパクパクと開いて、とまどいを告げるが、一眞にやめる気配はなかった。

「手で口をおさえるんだ」

言われて、おずおずと両手を持ち上げ、震えながらもしっかりと鼻から下をおおった。支配者の声で命令されると、もう逆らえない体になっていた。

「可愛い奴隷の目だ。怖いのに、期待している」

泣きそうになりながら首を振って否定するが、彼は笑って乳首に吸いついた。

「くっ！」

喉でとめたあえぎが、妙な音になって指のあいだからもれでる。舌で転がされ、かまれ、吸われて、腰が持ち上がった。

「ぐちょぐちょだ。手首まで濡れてきた」

楽しそうに言って、恥ずかしがる奴隷の反応を楽しむ。

「あいつに肩を抱かれたんだろう？　穢された巫女は洗浄しないとな」

「……？」

まだ口を手でふさいだまま目で問いかけると、一眞は信じられないことを言った。

「例会の前に洗浄する浣腸薬があるだろう？」

巫女が祭壇の前でそそうをしないよう、前の晩の飲み薬と当日の浣腸で腸内をきれいにしておくのだ。まさかという思いで、おずおずと手を離す。

「あるけど……」

「持ってきて」

「工房にあるの」

御土来家に伝わる薬は、すべて工房で作って保管していた。

「じゃあ、いっしょに行こう」

返事をする間もなく、手を引かれて立たされた。

浴衣の襟をなおして渡り廊下へ出る。これからされることがわかって、一歩一歩がおぼつかない。

腰を引き寄せられ、引きずるように連れていかれて、いつもは仕事をする場所についた。薬の保管庫は、織屋と染め場のあいだにあった。

藺草《いぐさ》の敷物を踏んで機織り機の横を通り、床から天井まである作りつけの戸棚の前に立つ。白木の扉を開けると、筆文字で薬名が記された数々の瓶や紙袋が、ずらりと並んでいた。

「へえ、すごいな。初めて見たよ」

いっとき支配を忘れて、素の一眞が素直なおどろきを示した。だが、

「それで、浣腸薬は？」

ふりむいて阿多香を見つめた切れ長な目には、不穏な光が戻っていた。

「あの……でも、ちょっと触れられただけなのよ。すぐに突き飛ばしたから、なにもなかったの」

言い訳してみるが、精悍な顔が横に振られた。

「すこしでも穢れは穢れだ。巫女は常に聖浄でなければいけない」

厳しい口調には性戯以上の真剣さがあって、思わずあやまった。

「ごめんなさい」

「自分で出しなさい」

「はい」

涙ぐみながら手に取ったのは、茶色いガラスの一升瓶だった。

「これを五倍に薄めて使います」

「用意して。いつもは自分でしているんだろ？」

最初のうちこそ剛木や朱緒がしてくれたのだが、いまでは自分で薬草を採ってきて煎じ薬を作り、注入洗浄している。

荒くなってくる呼吸に苦しみながら瓶を抱えると、染め場である土間へ降りた。道具がしまってある棚からホウロウの寸胴を出す。ガラスの計量カップで二百ミリリットル計って入れると、声がかかった。

「今夜は倍量だ」

「そ、そんな！」

「このまえ、冬和さんが二リットル入れられて、二、三時間我慢させられるという話をしたとき、うらやましそうにしていただろ？」

お見通しとばかりにニヤリと笑われ、阿多香は真っ赤になった。

「ああ……」

淫らなあえぎが、愛液といっしょにほとばしる。その場にしゃがみ込みそうになって、お尻をぴしゃりとたたかれた。

「プラグはここにある」

彼が上着のポケットから取り出したのは、黒いラバーのアナルプラグだった。つまみをひねると、中のバネ板が湾曲して膨らむタイプのものだ。これをされたら、自力では吐き出せない。

「うう」とうめいて涙をにじませると、「たのしみだろう」と言われて目じりにキスされた。

浣腸液を作り終えると、ステンレスの作業台で裾をまくって四つん這いの姿勢をとらされる。自分でするときに使っている、バルンをにぎって送り込むタイプのシリンジのノズルが肛門へ挿し込まれると、細い泣き声がこぼれた。

「ぜんぶ入れ終わるまでやめないからな」

「……はい」

熱くうるんだ瞳を閉じると、すぐに注入がはじまった。

湯が用意できなかったので、水の冷たさが腸壁に染み渡る。薬液はすばやく完全に排泄できるよう調合してあるため、効き目が早い。自分でするときでさえ、七百ミリリットルも入れるともよおしてきてしまうのだ。それをこらえるのが大変なのだが、ぜんぶ入れないと奥まできれいにならないため、毎回必死だった。

「あぁっ、も、もう！」

「まだ半分もいっていない。我慢しろ」

一真に浣腸されるのは初めてだったが、泣き言などものともせずに容赦なく送り込んでくる。過酷な主振《あるじぶ》りだ。しかし、残り三分の一ほどになると、慎重になりはじめた。

阿多香の呻きを聞きながら、量を加減してくる。すこし休むと腹痛がやわらぐため、次を受け入れやすくなる。何度かそれをくりかえし、ようやくすべての注入が終わった。

ふだんは平らな腹部が丸くふくらんでいる。支配者はすべすべとしたその肌をなでて、満足そうにうなずいた。

「よし。プラグをしよう」

二リットルは受け入れるだけでもそうとう苦しい。その上に栓をされたら、どこまで我慢できるかわからない。

「お願い、許して！　このまま我慢するから、それはしないで！」

懇願してみるが、ゆっくりと首を振られた。

「ダメだ。それじゃ二時間ももたないだろ？」

「そんなぁ……」

たっぷりと泣きが入る。

本当にすすり泣きはじめた奴隷のうしろで黒々としたプラグに潤滑剤がたっぷりと

塗られ、襞がふっくらと濡れて光る肛門に先端をあてがわれる。

ねじるように押し込まれたとたん、悲鳴があがった。

「ああ！」

排泄感が倍増し、ステンレスについた肘と膝に力が入った。つまみがひねられて、直腸内のラバーが膨張すると、腹痛が一気に増した。

「あう……うう……」

苦悶の声をあげるしかなくなった阿多香は、尻たぶをたたかれて、のろのろと作業台を降りる。トイレへ連れていかれるのかと思ったら、工房の裏口から外へ連れ出された。

「待って……どこへ」

それだけ問うのもやっとだ。

「沐浴の泉へ行く」

「ええ！」

膝から力が抜けそうになった。奥殿の裏手にある泉までは、百五十メートルほどある。しかも最後の五十メートルは登り坂だ。

「不浄は、体の内と外から洗い流さないと本当にきれいにはならない」

もっともなことを言われ、返す言葉もなかった。

山里の夜は湿気が多い。梅雨のいまはなおさらだ。十六夜の月がぼんやりと照らすなかを、汗を流しなら前かがみに歩く。途中にある樹にすがってたびたび休み、またせき立てられて歩く。

やがて、滝音が聞こえてきた。

そのころには腹痛と排泄感で気が遠くなりかけていた。だが、そこからが登り坂だった。

「苦しい」と言って膝をつくと、「まだ十分たっただけだぞ」と、腕をひっぱり上げられた。その先の記憶はあいまいだ。

なにも考えられず、吐き気と腹痛にさいなまれながらようやく泉の縁にたどり着いた。

薄雲をすかしてくる月光に、暗い水面とそれを囲む岩々が浮かびあがる。風は弱く、葉擦れの音がかすかな吐息のようだ。

「お願い……許して……出させて！」

「まだだ」

これほど無慈悲に聞こえた言葉はなかった。

子供のように声をあげて泣くと、滝の下まで引きずっていかれた。沐浴になれた身にも、山からしみ出す水は冷たい。

「いつもどおりにやりなさい。これは正式な禊《みそぎ》だ」

そう言ってはなれていく一眞を見やる。細い滝とは言え、頭や肩にはそれなりの水量がかかってくる。下半身は完全に泉の中だ。

阿多香は覚悟を決め、丹田に力を入れた。意思の力で苦痛を逃すと、浴衣をまとった身をきちんと立てる。

八百万の神の名を唱え、御筒様を讃え、畏《かしこ》まって心身の浄化を願う言葉を紡いでいく。途中からは体内の薬液がグルグルと循環しはじめるのが感じられた。

苦しかったが、体内の穢れが溶け込んでいくのがわかって、夢中で唱えた。

いつものように十五分ほどすると、スッと体が軽くなった。この世と神の世のあわいへ入り込んだのだ。あたりの事物は、在るのはわかるが触れてどうにかすることはできない。

穢れが肉体から分離され、霧散し、消えていく。

浄化が充分にすむと、またこの世へ意識がもどってきた。

下着一枚の一眞が水をかいて寄ってきた。ふらつく腰に手をまわして、滝の反対側にある沢へといざなっていく。そこには泉の水が流れ込んでいた。

排泄感が戻ってきていた阿多香は、沢のなかにしゃがみこんだ。腸内であばれまわる薬液に、もうこれ以上たえられそうにない。

「もうダメ！」

悲鳴に似た声で訴えると、「いいだろう」と支配者がうなずいた。

肛花からプラグが抜かれる。汚穢のとけこんだ薬液がほとばしり出た。

すべて出し終わると、背骨をまっすぐにしている力はなかった。首を落として浅瀬に片頬をつける。息も絶えだえだ。

しかし、それで許されたわけではなかった。

「もういちど泉へ戻れ」

半ば恐怖のまなざしで、月光の中の厳しい顔を見上げる。沢水に乱れた髪をひたしながらゆるく首をふると、また腕をとられて引きずって行かれた。

出水口に近い場所で四つん這いにさせられると、すこし前に閉じたばかりの肛門へシリンジのノズルが挿し込まれた。

「なに？　イヤ！」

四つん這いのまますうしろを振り返る。

「冬和さんは二時間我慢したのに、阿多香はたったの三十分だ。もっと長く我慢しないと、同じ悦びは味わえないよ。残り一時間半だな」

全身から血の気が引いた。ニヤニヤと人の悪い笑みを浮かべる一眞が別人のように見える。

「ウソっ……無理……そんなの絶対無理！」

体を引こうとすると、頭を押さえつけられた。

「無理でもやるんだ」

「ああ……ああ」と無意味な声がこぼれる。腹部と顎が水にひたり、ときおり鼻まで水面下に沈む。

唇を水につけて声を封じられたまま「動くな」と命令がくだった。

阿多香の中で、逆らう気持ちがみるみる薄れ、やがて自我が停止した。

頭から手が離れても、そのままの高さを保つ。泉の水の注入が始まると腹部が小刻みに痙攣した。

水面から出ているきれいな眉は中ほどへ寄ったままほどけない。水なのか汗なのかわからない水滴が、閉じた瞼の上を滑り落ち、浴衣の裾は水面に広がって、ゆらゆらと漂っていた。

どのくらい入れられたのだろう。苦しさは吐き気をもよおすほどになり、腹部は薬液のときとおなじくらいふくれてきた。

あまりの苦痛に、顔が水中へ落ちる。二、三秒で上げたが、今度は喉まであらわにしてのけぞった。

「はっ、はっ」と短く呼吸する。

「限界か」と言いながらふれてきた支配者の手が熱い。秘裂までさぐられて、またあえぐ。

「ぬるぬるだな」

入ってきた指が二本、三本と増えてゆく。

「ああ……ううっ」

「ひどい淫乱だな。大量浣腸がそんなに気持ちいいのか?」

水温に青ざめていた顔へ、一気に血がのぼった。

「いいなら、ちゃんと言葉にしなさい」

支配者に命じられて、奴隷はすすり泣きながら答えた。

「はい、気持ちいいです。よくて……よくて……」

あとは言葉がつづかない。節高い指を四本そろえて入れられ、息が止まったのだ。

「量はこれくらいでいいようだな」

指とノズルが引き抜かれ、プラグが肛門へ挿し込まれる。先ほどと同様、すぐにつまみがカチリと鳴ってラバーが膨張した。

苦しみがふたたびはじまった。今度は水のなかであおむけにされる。

浴衣がはだけ、白い乳房とふくらんだ下腹が月光に浮かび上がった。絵画のように幻想的な光景だ。

一眞は伊達締めに手をかけてほどくと、強く引き絞って結びなおした。ただでさえ苦しい腹部を締め上げられ、阿多香は思わず声をあげた。

「シッ」

声をとがめて、握力の強い手が口をふさぐ。そのまま後頭部を裸の胸に抱き寄せられ、あいているほうの手で足のあいだをとらえられた。

複数の指が挿し込まれ、こねられる。

「……！」

無音の悲鳴と女体のうねりが、さざ波となって水面を渡っていった。

「ほら、ここにも水をいれてやろう」

挿入された四本の指が、膣内で開かれる。一瞬冷たさが侵入し、だがすぐに同化する。支配者は、戯れるようになんども指を閉じたり開いたりしながら、意地悪く問いかけた。

「あの男とキスぐらいはしたのか？」

処女だったのだから同衾していないことは証明できるが、ほかのことについては証拠を示せない。

つかまれている頭を、必死で横に振った。

「本当は寝たいと思ったんだろう？」

どれもこれも、阿多香をいじめるためだけの質問に思えたが、それでも首を振った。

「あいつは体力がありそうだ。無駄に絶倫なタイプだな。無理やりされたら、案外なびいたかもしれないな」

それも涙を浮かべて否定する。排泄感と腹痛と吐き気で頭がおかしくなりそうなのに、膣はゆるんでなぶられたがっている。だが、こんなことをしたいと思うのは、一眞しかいなかった。彼がすべてなのだ。

「ほら、また濡れが増えた。想像して感じたんじゃないか？」

くやしくて、男の指をかんだ。

「おっと！」

すぐに手をはなして、クスクスと笑う。

「やめて……」

本気で泣きながら抗議すると、乳房のあたりをギュッと抱きしめられた。そのまま、髪や耳にキスをされる。

「苦しいか？」

問う声はあくまでも優しく、下腹部を撫でる右手は温かかったが、苦痛は堪えがたかった。

「苦しい……もう、許して」

甘えてとぎれとぎれに訴えると、一眞はだまって水中を移動しはじめた。そして、浅瀬までくると、阿多香の体を抱き上げ、泉の縁の平らな場所に横たえた。

「プラグを取り換えよう」

「え？」

よく意味がわからず聞き返すと、腰を持ち上げられて四つん這いにされる。

「プラグを抜くから腹をしめて。絶対もらすなよ」

「そんな」

ことは無理……だと言うより早く、収縮したプラグが引き抜かれた。

もらすなと言われたにもかかわらず、衝撃で腸内の水がピュッと飛び出す。すかさず別の塊が押し当てられて、侵入してきた。今度は熱くて硬い生身の雄身だった。

「命令が守れなかったな」

いっぱいに広げられた肛襞が被虐の悦びにしまる。「ごめんなさい」と謝る声は甘くかすれた。

男の指が伊達締めにかかる。それがほどかれると、濡れて重くなった浴衣も脱がされた。

締めつけがなくなったぶん、いくぶん楽になったのもつかの間。またすぐに伊達締めが腹部に巻かれる。「今度は声をだすなよ」という命令とともに、いっそう強く締め上げられた。

悲鳴はこらえたが、呻き声までは我慢できなかった。

もともと細いウエストが信じられないほど絞られている。五十センチもない。

一眞はくびれた部分から尻へと何度か手の甲をすべらせた。

阿多香は苦しいのも忘れ、快美な波動に身をゆだねた。相手の興奮が、絞られて敏感になった皮膚からそのまま伝わってくる。

「はあっ、はあっ」と、犬のように浅い呼吸をくりかえしながら、淫らな陰花からとめどなく粘液をしたたらせた。

双丘の谷間を、灼熱の牡茎がゆっくりとうがちはじめた。前筒とはちがう場所に快楽の兆《きざし》が生まれる。

巫女修行で知ったのは、尾骶骨のあたりに性エネルギーを上昇させるツボが存在するということだ。ちょうどGスポットと呼ばれるものと向き合うところにある。そこをうまく刺激してもらえば、絶頂に達することもできる。もちろん三ツ屋の男たちは全員、そのことを承知していた。

男の腰の動きにつれて、苦しさを焼き消すように恍惚の火柱が立ち上がってくる。水をこぼさぬよう、肛穴を引き締めていることが火を勢いづけている。

前後の抜き差しで腹腔の水がゆれた。そこに陽物の気が伝わり、得も言われぬ快感が広がってくる。

男の手が、二、三度、背骨を上にさすりあげた。

「はっ！　……あ、ああ！」

さしせまった悲鳴がこぼれたかたと思うと、阿多香の頭部から光が散った。二人を包む空間が歪んで白く光りはじめる。

「一眞さん！　一眞さん！」

どうすればいいのかわからなくて、すがるように名を呼ぶ。いま、頼れるのは彼しかいない。

「そのまま、行けるところまで行け！」

叫んだ男は、腰をしっかり抱きなおした。

「はっ、ああっ！」

切なげに首を振ると、太い硬茎のわきから勢いよく水がほとばしりはじめた。それも光をおびている。

固く縛ってあった伊達締めが、バシッと裂けてはじけ飛ぶ。

二つの体はつながったまま、まばゆい光を放ち、硬直した。意識は次元を越えて、神域にあった。

そこは、白一色の世界だった。

阿多香は胡坐をかいた一眞の上に足を大きく開いて座っていた。腕を彼の首に、そして足を腰に巻きつけ、唇を重ね、性器には陰茎が挿入されている。男の両手は女の尻を引き寄せるように抱き、衣服をつけない二人の胸はぴったりと合わさっていた。

肉体の感覚はほとんどないのに、明確な気の流れが感じ取れる。ずっとこうしていたいと思うような、極上の気持ち良さだ。

陰茎から出た気は女性器で増幅され、背骨をあがって頭頂部までいく。そこから男性の頭頂部へ流れ込み、背骨を下ってまた陰茎にもどる。精妙な光輝くエネルギーが二人をつないで循環し、やがてあふれて外へ広がっていった。

その姿は、東南アジアの寺院によくある、男女神が向き合って交歓するレリーフにそっくりだった。


翌朝、阿多香は自分の布団で目を覚ました。どうやってもどってきたのか記憶がない。そもそも、ゆうべの交わりが現実に起きたことなのかどうかも自信がない。

しかし、手のひらと膝には、岩にこすりつけたような擦過傷があった。

体がひどく重い。苦労して起き上がると、もう十時を過ぎていた。

「どうしよう!」

いつも六時には起きて、台所を手伝ったり、仕事場の準備をしたりするのだ。休日でもないのに、大幅に寝過ごしてしまった。

重い体を引きずるようにして布団をたたみ、作務衣に着替える。

食堂へ行ってみると、誰もいなかった。台所の窓から、洗濯物を干している初子が見えたので声をかけた。

「おはようございます！　寝坊してごめんなさい」

振り向いた顔がすぐに笑顔になる。

「あら、早いじゃない。今日は昼頃まで起きられないだろうって、お嬢さまが言ってらしたのに」

「先生が？」

初子は洗濯籠を抱えて台所へ戻ってくると、「そうよ」とうなずいた。

「日根さんもまだ寝てるわ。あれだけ飲んだんだから、夕方まで動けないんじゃない？　そんなにお酒強そうじゃなかったもの」

「先生と剛木さんは？」

「工房だと思う」

「それから……あの……えっと」

一眞のことを聞きたかったが、初子が知っているはずもないと思いなおす。

「ん？」

「ううん、いいの。ごめんなさい。工房へ行ってみる」

「おなかは？　減ってない？」

「ああ……うん、なんか大丈夫みたい」

本当に空腹感は感じなかった。体中が陽の光のエネルギーで満たされている。巫女も上級者になると、飲食を必要としなくなる。それは空気中から気を取り込むことができるからで、初代は目覚めて以来、儀式のお神酒しか口にしなかったという。

長年、御土来家で働いている初子にはごくありふれたことなのか、「そう」と笑ってうなずいてくれた。

外からまわって工房の扉を開けると、朱緒と剛木はいつもの作業をしていた。

「おはようございます」

申しわけなくて、頭を深く下げる。

「おはよう。まだ休んでいてもよかったのに」

柔らかなほほえみに、ホッと体の力がぬけた。

「ゆうべはご苦労さま。一眞さんになにをすべきかは伝えてあったけど、うまくいくかどうかわからなかった。彼にはいちども経験がないことだったし、あなたの力も未知数だったから」

「え、じゃあ、先生はあれを……ご存じだったんですか」

「飛ばした意識の目で見させてもらったわ。必要なときは介入しないといけなかったから。でも、大丈夫。ちゃんとできていた」

すべて見られていたと思うと、頬に血が昇った。だが、あれがいったいなんだったのかを、訊かずにはいられなかった。

「あれは、どういう意味だったんでしょうか」

「ひとつには、この屋敷全体とあなた自身の浄化ね。普通は結界が張ってあるから、ああいった欲の塊のような人は入ってこられないのよ。でも、今回はわざと入れたの」

巫女として目覚ましい成長を見せている阿多香だったが、男性を求め愛する気持ちが薄かった。男女関係なく、人として愛してしまうからだ。

しかし、陰と陽のエネルギーを練り合わせてもっと可能性を広げるには、人間レベルの感情もまた大切なのだ。

「陰のエネルギーを最大限活用するためにも、この人しかいないと自覚して強く求めることが重要だったのよ」

男性の陽のエネルギーをもらって、尾骶骨のあたりに眠っている陰のエネルギーを頭頂まで上昇させ、さらにその先の宇宙とつながれば、ほぼ無限の力が得られる。思うことがそのまま現実になる世界なのだ。単独ですることも可能だが、たいへんな労力と気力と修練が必要だった。

神との交わりでも、それは難しいことだった。精妙なエネルギーだけだと、肉体への影響が半減してしまう。巫女もこの世の肉体を持っている以上、相手も生身の肉体でないと十分なエネルギー上昇を起こしにくい。それが愛する者どうしなら、いっそう強力なものを作り出せるのだ。

「ゆうべはそれがよくわかったでしょ？」

日根といやらしいことをしたのだろうと言われたときのくやしさを、阿多香は思い出した。

彼女を支配し、苦痛を与え、そそぎこんでいいのは一眞だけだ。彼との交わりは、たとえどんな方法であっても、神域でとった交合の形になる。甘く満たされ、魂が純化される尊い結合だ。

「はい」

自分の中を探って確かめながら、しっかりとうなずいた。

「それでいいのよ」

おだやかに微笑む朱緒のななめうしろには剛木が立っていた。ほっそりとした白い手がうしろへ伸びて、武骨な男の手をにぎる。二人の視線が一瞬絡み合った。そこには、誰にも侵すことのできない強い絆があった。

（先生も、あの神域の交合をなさっている）

それは当然のように導き出された答えだった。誰かを深く愛さなければ到達できない領域を、弟子にも経験してほしかったのだろう。

大きな愛と配慮に感謝が込み上げたとき、電話が鳴った。勘右衛門の長男・誠太郎の来訪を知らせる初子からの知らせだった。

「いっしょにいらっしゃい。誠太郎さんは今回のことで来てくださったのよ」

「はい」とうなずき、母屋の応接間へ向かった。

細身でやや小柄な彼は二十七歳で、杉沢の秘書をしていた。母親の和風の趣をそっくり受け継いだ端正な顔立ちだ。

「杉沢先生はだいぶご心配なさっていました」

「万事うまく行ったので大丈夫と伝えてください」

応じる朱緒をまぶしそうに見つめたが、すぐに目をそらし、実務者の顔に戻った。

「剛木さんからいただいた情報をこちらで調べましたところ、日根が酔って自慢したことはほぼ事実でした。警察沙汰にはならなかったものの、軽微な恐喝や暴力、詐欺まがいの行為などがいくつかあります。立件できそうなものもありましたので、そちらの証人を押さえました」

阿多香は思わず声を出しかけ、あわてて呑み込んだ。

剛木がうまく相手をして日根を酔わせていたのは、そういう目的があったのだ。そして、その情報をもとに、誠太郎がひと晩で調べ上げたのだろう。驚嘆すべき手腕だった。

「ありがとうございます。昨夜、記憶を消しましたので心配はないと思いますが、完璧と言うわけにはいきません。なにかのきっかけで思い出してしまったときには、よろしくお願いします」

「おまかせください」

話が見えない阿多香は、無作法を承知で、つい口をはさんだ。

「あの、先生。記憶を消したって、どういうことですか?」

誠太郎の意外そうな表情と、朱緒のおかしそうな顔が同時に向けられる。

「あなたがゆうべしてくれた浄化で、あの男の頭の中から不都合な記憶が消されたということよ。浄化とはすなわち無害になることなの」

阿多香は「ええっ」と言ったきり、言葉が出なくなった。

「もちろん、私も補強しておいたけど、人間の記憶は重層的だから完全には消せないのよ。一部は奥のほうに残ってしまう。だから、保険のためにあの男の弱みをにぎっておくのよ」

「そうなんですね」

はかり知れない巫女の力の奥深さに圧倒され、脱力感がおそってくる。

「他人事みたいに感心しないで。ほとんどあなたがやったのよ。だから言ったでしょ、自分を信じなさいって」

朱緒は、ひどく楽しそうに笑った。阿多香は恥ずかしくなってうつむく。

誠太郎が初めて話しかけてきた。

「昨年から巫女の見習いになったそうですね。いろいろ大変でしょうが、今後ともよろしくお願いします」

「あ、いえ、こちらこそ！」

あわてて頭を下げると、また軽やかな笑い声が響いた。

「日根は、これから誠太郎さんの車で杉沢議員の事務所へ連れて行ってもらうの。いちおう歩けるけど、頭がぼうっとして自分がなにをしているかわかっていない状態よ。事務所の椅子に座って初めて正気が戻り、自分はここへ取材に来たんだと気づくよう、暗示をかけてあるわ」

消した記憶の代わりに、政治家へインタビューするという目的を植えつけたのだという。

「試しに、自分で視てごらんなさい」

師に勧められて、見習い巫女は未来を霊視した。

それほど得意ではないが、事の発端は自分にある。がんばって集中すると、事務所のソファに座った日根が視えてきた。誠太郎と名刺を交換し、「残念ながら先生は応じられません」と断られている。さほどの執着もなく、帰っていく姿も視えた。

事務所を出てから、「なんで俺はここへ取材にきたんだろう」と首をひねり、「まあ、どうせ無理だよな、あんな大物」と自嘲しながら煙草を取り出したところで霊視をやめた。

「わかりました。お世話になりました」

ふたたび誠太郎に頭を下げると、議員秘書は盛大に笑って言った。

「いや、まだなにもしてませんから」

一眞は御土来家の一室で寝込んでいた。

ゆうべ魂が肉体へもどってきたあと、ふらつく体で気を失った阿多香を背負い、なんとか部屋まで運んだ。しかし、報告に行った朱緒の居間で力尽き、自分も倒れて熱を出した。

自力で神域まで行ったことはあったが、そこで別の魂と交わったのは初めてだった。

しかもそれは、人の記憶を消すほどの浄化エネルギーを生み出すものだ。

輪郭のぼやけた精妙な二つの体を循環するエネルギーが強くなり、焼けるように熱くなったかと思うといっきに放たれ、屋敷を丸ごと包む光のドームが出現した。

阿多香は忘我の状態で、なにが起きているかよくわかっていないようだったが、こちら側に一部を残していた一眞にははっきりと視えた。

衝撃に耐えられたのは奇跡だった。二人いっしょに気を失っていてもおかしくなかった。おそらくなにかに護られていたのだろう。

日根がどうなるかは、昼食のおかゆと山鳥のスープを運んできてくれた剛木から聞かされた。

「阿多香は大丈夫ですか？」

「疲れてはいるが、ほかはなんともない」

「よかった」

目を閉じると、衝撃直前までの座交合が浮かんできた。自我を焼き尽くされそうな強さではあったが、この世ではありえない巨大な快楽に心身がはちきれそうなほど満たされていた。阿多香は自分のすべてであり、自分も阿多香のすべてだった。

そこには内も外もない。これが宇宙との合一なのかと、涙が自然に流れたのを覚えている。

「女は宇宙なのかもしれない」

つぶやくと、

「そうだな」

小どんぶりが乗ったお盆の横にあぐらをかいた大男が、フッと笑う。

「剛木さんも、本当は気の流れが読めるし操れるでしょ？　縄を打つとき、精をこめているのが視える。あなたには三ツ屋と同等の力があると、俺は思ってるんです」

しばらく沈黙があった。

「……力があったとしても、関係ない。俺は三ツ屋ではないし」

寡黙な男は、それが動かしがたい運命であるかのように言った。

「朱緒さんとのあいだに子供は作らないんですか？」

「あの人が望まない。自分は子供を幸せにしてやれないからって」

そうだとも、そうでないとも、一眞には言えなかった。自分と阿多香の未来さえ不確かだ。

しかし、絶対に離さない、なにがあっても護るという思いだけは胸に深く刻まれていた。たとえ彼女がどこへ飛んでいこうと、必ずこの世へ連れて帰る。それこそが自分の役目なのだと、今回のことが教えてくれた。

おそらく、巫女と特別な絆を結ぶというのはそういうことなのだ。

「剛木さんが望めばいいじゃないですか？」

殺人犯だったという男は一瞬絶句して、削いだように険しい頬の上にある目を見開いた。

「……俺が？」

「そうですよ。父親になりたいと言えば、朱緒さんだって考えてくれるんじゃないかな」

気楽な言い草だと受け止められてもかまわなかった。巫女であるために自分を犠牲にしなくていいと決めて、実行してきたのは朱緒ではないか。

「すみません、若造が生意気言って」

失礼は承知なので、いちおう頭を下げる。

「いや……」

「これ、ありがとうございます。いただきます」

とまどう剛木に礼を言って、初子特製のショウガ入り山鳥スープの椀を手に取った。


それから二年後。

四月半ばのうららかな日に、朱緒が女の子を産んだ。

剛木は男泣きし、篤正は自分のことのように喜んだ。

妊娠中は巫女の力が変わるため、阿多香が万事代役を務めた。

そして、御土来のあらたな命の誕生を待って勘右衛門が引退し、次男の錬次郎《れんじろう》が東屋三十七代目・勘右衛門を継いだ。

阿多香と一眞は正式に結婚し、近くに別所帯をもった。朱緒は二人とも自分の養子になるよう勧めてくれたが、いまはまだ返事を保留している。どういう形がいちばんいいのか、模索中なのだ。

玖奇石は久しぶりに華やぎ、山桜が郷中を白く染めた。

◉新人作品**大募集**◉

マドンナメイト編集部では、意欲あふれる新人作品を常時募集しております。採用された作品は、本人通知のうえ当文庫より出版されることになります。

【応募要項】未発表作品に限る。四〇〇字詰原稿用紙換算で三〇〇枚以上四〇〇枚以内。必ず梗概をお書き添えのうえ、名前・住所・電話番号を明記してお送り下さい。なお、採否にかかわらず原稿は返却いたしません。また、電話でのお問い合せはご遠慮下さい。

【送付先】〒一〇一-八四〇五 東京都千代田区神田三崎町二-一八-一一 マドンナ社編集部 新人作品募集係

秘儀調教《ひぎちょうきょう》 生け贄の見習い巫女《いけにえのみならいみこ》

著者◉佐伯香也子【さえき・かやこ】

発行◉マドンナ社

発売◉二見書房 東京都千代田区神田三崎町二-一八-一一

電話 〇三-三五一五-二三一一(代表)

郵便振替 〇〇一七〇-四-二六三九

印刷◉株式会社堀内印刷所 製本◉株式会社村上製本所 落丁・乱丁本はお取替えいたします。定価は、カバーに表示してあります。

ISBN978-4-576-20050-7 ◉Printed in Japan ◉©K.Saeki 2020